汉译世界文学名著丛书

论批评 云鬟劫

［英］亚历山大·蒲柏 著

李家真 译注

商务印书馆
创于1897 The Commercial Press

汉译世界文学名著丛书

出 版 说 明

1902年，我馆筹组编译所之初，即广邀名家，如梁启超、林纾等，翻译出版外国文学名著，风靡一时；其后策划多种文学翻译系列丛书，如“说部丛书”“林译小说丛书”“世界文学名著”“英汉对照名家小说选”等，接踵刊行，影响甚巨。从此，文学翻译成为我馆不可或缺的出版方向，百余年来，未尝间断。2021年，正值“汉译世界学术名著丛书”出版40周年之际，我馆规划出版“汉译世界文学名著丛书”，赓续传统，立足当下，面向未来，为读者系统提供世界文学佳作。

本丛书的出版主旨，大凡有三：一是不论作品所出的民族、区域、国家、语言，不论体裁所属之诗歌、小说、戏剧、散文、传记，只要是历史上确有定评的经典，皆在本丛书收录之列，力求名作无遗，诸体皆备；二是不论译者的背景、资历、出身、年龄，只要其翻译质量合乎我馆要求，皆在本丛书收录之列，力求译笔精当，抉发文心；三是不论需要何种付出，我馆必以一贯之定力与努力，长期经营，积以时日，力求成就一套完整呈现世界文学经典全貌的汉译精品丛书。我们衷心期待各界朋友推荐佳作，携稿来归，批评指教，共襄盛举。

商务印书馆编辑部

2021年8月

才人妙笔，庄谐俱宜

（代译序）

文学领域很少有天才这种事物，因为文学从本质上说是"人学"，若是没有深厚的人生阅历作为铺垫，作品常常流于肤浅。正因如此，文学名家往往产生"悔其少作"的憾恨，巴不得早年的一些作品，没算在自己名下才好。

英国诗人亚历山大·蒲柏（Alexander Pope，1688—1744），大概可以算前述通则的一个特例。他二十岁时写下的《论批评》（*An Essay on Criticism*），还有他二十四岁时写下的《云鬟劫》（*The Rape of the Lock*），即便到了三百年之后的今天，依然配得上杰作的美名。两部诗作用的都是蒲柏最为擅长的英雄双行体（正是他把这种诗体发挥到了登峰造极的地步），前者是一篇诗体论文，后者是一部讽刺史诗，一庄一谐，各呈佳妙。诚如英国文学批评家威廉·赫兹利特（William Hazlitt，1778—1830）所说，"《云鬟劫》是才气和想象力反复提纯的结晶，《论批评》则出自才气和理性的反复提纯。"年方弱冠便能有如此成就，不谓之天才也不可。

《论批评》是蒲柏的成名之作，主旨是阐发文艺批评的通行准则，同时也包含他对于诗歌创作的切身体会，集中反映了他师法自然、推崇古典的文艺观。同时代英国作家塞缪尔·约翰逊（Samuel Johnson，1709—1784）认为这部诗作"见解高明，析理精微，体现着对于人性的深刻洞察，以及涵盖古今的渊博学识，凡此种种，即便是最为老成、最有经验的诗家也鲜能企及"。约翰逊还说，"《论批评》是蒲柏最伟大的作品之一，足以使他同时跻身第一流批评家和第一流诗家的行列，哪怕他除此之外再无著作。"后来的一些批评家认为约翰逊称誉太过，个别批评家还把《论批评》说成一盘了无新意的大杂烩，然则平心而论，这首长诗终归不失为新古典主义诗论的代表作品，不光实现了理趣与诗情的完美融合，还为英语世界贡献了不少脍炙人口的名言警句。

相较于《论批评》，《云鬟劫》更是拥趸众多，经典地位也更无争议。在蒲柏所有作品之中，《云鬟劫》最是广为人知，最是广受好评。英国作家及批评家德·昆西（De Quincey，1785—1859）虽然对《论批评》颇有微词，但却把《云鬟劫》推许为"戏笔挥洒的想象力铸就的最为精美的一座丰碑，冠绝全世界所有的同类作品"。这部诗作的素材不过是上流社会的一场小小闹剧，不过是某位作歹的绅士强行剪去了某位淑女的一蓬发卷，蒲柏却以如椽巨笔铺排微末琐事，运用瑰伟特异的想象和精巧华美的文辞，把一件鸡毛蒜皮的日常细故，硬生生写成了一场惊天动地的史诗大战。除去诗中点明的道德寓意之外，这部妙趣横生的作品似还可使人想到：历史上的一些大战，会不会也跟诗中的这场“大战”一样，仅仅是虚荣与贪婪催生的无谓争端？战场上枭雄英杰的金戈铁马，会不会也跟诗中绅士淑女的手杖折扇一样，仅仅是痴人逐梦的无聊物件？

蒲柏曾经说，“我写得最快的东西，总是能使我最为满意。”（据他自己所说，《云鬟劫》第一稿只用了他不到两个星期的时间，《论批评》也写得“很快”。）诸如此类的说法，自然洋溢着一位才子对自身天分的自豪之情。然而天分之外，蒲柏同时是一位以勤勉敬业著称的诗人，不光是孜矻一生笔耕不辍，而且会不厌其烦地雕琢自己的每一件作品。还是用他自己的话来说：“我写作是因为乐在其中，修改则因为修改之乐不逊于写作之乐。”可见他的斐然成就，并不完全是老天爷给的礼物。除此而外，许多人认为《云鬟劫》是蒲柏最好的作品，但照我的感觉，他暮年写定的《呆厮国志》（*The Dunciad*, 1743）才是他真正的巅峰之作，这或许可以说明，丰富的人生阅历，终究是文学创作的一个重要助力。

二〇二二年四月十二日

目　录

论批评

题记

你若有更佳准则，请对我开诚布公，
若无便依我轨辙，将此等准则信从。①

① 《论批评》(*An Essay on Criticism*)首次出版于1711年，蒲柏在书中给出的创作时间是1709年。题记原文为拉丁文，出自古罗马大诗人贺拉斯（Horace，前65—前8）《书信集》(*Epistles*)第一卷第六首。

诗意概述①

第一部分

题解。拙劣评判的过失不亚于拙劣创作，社会危害犹有过之（始自第1行）；真正的品味世上难寻，一如真正的天才（第9至18行）；大多数人天生具备一定的品味，只可惜毁于伪冒的教育（第19至25行）；形形色色的批评家，以及他们各自的来由（第26至45行）；批评家须当剖析自家品味，了解其局限所在（第46至67行）；自然是最好的评判指南（第68至87行）；各种艺文及准则不过是条理化的自然，批评家须当借此提高自家品味（始自第88行）；准则产生于古代诗人的实践（第88至110行）；由此可见，批评家必须研习古代经典，尤其是荷马和维吉尔的作品（第120至138行）；打破成规的自由，以及古人自由发挥的实例（第140至180行）；世人对古人理所应当地崇仰，作者对古人的颂赞（始自第181行）。

第二部分（始自第203行）

妨碍真确评判的种种因素：一、骄矜（始自第208行）。

---

① 诗意概述是作者的手笔，概述中列举的诗行序数有个别地方不够精确。

二、学识不足（始自第 215 行）。三、只见局部不见全体（第 233 至 288 行）。评判仅仅依据才思（始自第 289 行）、辞藻（始自第 305 行）或格律（始自第 339 行）。四、太喜欢挑剔或太喜欢赞美（始自第 384 行）。五、心存偏袒。太过钟爱某个类型，一味崇奉古代或现代诗人（始自第 394 行）。六、偏见或成见（始自第 408 行）。七、标新立异（始自第 424 行）。八、反复无常（始自第 430 行）。九、门户之见（始自第 452 行）。十、嫉妒（始自第 466 行）。对嫉妒的挞伐，对宽厚的赞美（始自第 508 行）。从严掌握批评尺度的适当时机（始自第 526 行）。

第三部分（始自第 560 行）

批评家的行为准则：一、善意（始自第 563 行），谦逊（始自第 566 行），风度优雅（始自第 572 行），真挚诚恳、不吝建言（始自第 578 行）。二、适时缄口，不发表批评意见（始自第 584 行）。何谓无可救药的诗人（始自第 600 行）。何谓无法无天的批评家（始自第 601 行）。何谓中规中矩的批评家（始自第 629 行）。批评的历史，以及一流批评家的事迹：亚里士多德（始自第 645 行），贺拉斯（始自第 653 行），狄奥尼修斯（始自第 665 行），佩托纽斯（始自第 667 行），昆体良（始自第 670 行），朗吉纳斯（始自第 675 行）。批评的沦亡与复兴：伊拉斯谟（始自第 693 行），维达（始自第 705 行），鲍娄（始自第 714 行），罗斯康芒勋爵等人（始自第 725 行）。结论。

（第一部分）

很难说拙劣文笔，相较于拙劣评判，
哪一种会使主人，更显得才疏学浅，
但若是两相比较，使我们耐性耗竭，
危害终究比不得，使我们理智偏斜。
前一种过失少见，后一种在在多有，
评判失误的论者，十倍于蹩脚写手；
昔时若蠢材出丑，犹可望瞒过旁人，
如今则一篇蠢诗，便引出百篇蠢文。①

我们的歧异评判，就好像我们的表，
表各走各的时，人各说各的表可靠。
真有天才的诗人，实可谓凤毛麟角，
真有品味的批评家，同样少之又少；
两者都必然有幸，从天庭借得灵光，
所以天生擅长评判，天生擅长吟唱。
自己有超群本领，才好向他人传授，
自己有生花妙笔，才有权任意指谬。

① 以上两行的背景是，就当时英国的情形而言，文艺批评还是一种方兴未艾的新风尚（这种新风尚是蒲柏创作此诗的动机之一）。1674 年，英格兰诗人及批评家托马斯·莱默（Thomas Rymer，1643?—1713）曾在一篇序言中写道："迄近年为止，英格兰根本没有批评家，就跟眼下的英格兰没有狼一样。"

作家高估自家才气，确属常有之事，
但批评家岂不也爱，高估自家眼力？

可我们着意观察，定然会即刻明了，
多数人心中皆有，明敏判断的芽苞：
自然予人的馈赠，至少是微光一抹，
只照出模糊线条，轮廓却无差无错。
可惜这明辨根苗，被虚假学问荼毒，
就好比浅淡素描，被拙劣色彩染污，
初稿越匀勒精准，成品越目不忍睹：
或钻进学术迷宫，弄了个晕头转向，
或不守呆瓜本分，充内行大出洋相。
这些人强求才气，以至于丧失常识，
最后就变成，只知自辩的批评大师；
无论能写不能写，个个都怒火中烧，
满怀争竞的妒恨，抑或阉宦的羞恼。
笨伯以揶揄为乐，永远是眼热心痒，
巴不得次次跻身，看人笑话的一方。
迈乌斯瞎写一气，无视阿波罗谕旨，①

① 迈乌斯（Maevius）是古罗马的一个蹩脚诗人，曾遭同时代大诗人贺拉斯和维吉尔（Virgil，前70—前19）的嘲讽，由是成为拙劣作家的代名词。阿波罗（Apollo）是古希腊罗马神话中的文艺及诗歌之神。

但有些人的眼光，还不如此人文笔。

有的起初假充才子，继而假充诗人，
随后转行批评，现出呆头鹅的真身。
还有的装才子不像，装批评家不灵，
好比笨重的骡子，无驴形亦无马形。
半罐水的小聪明，遍布我们的岛屿，
正如尼罗河畔，那些半成形的虫豸，[1]
个个都发育不全，不知当命以何名，
因彼等身世来历，实可谓暧昧不清；
要点算彼等数目，需要一百条舌头，
要不就得有一张，以一敌百的利口。

但你们若想留下，当之无愧的美誉，
顶戴批评家尊衔，坦荡荡名下无虚，
便须当认清自己，认清自己的斤两，
认清自己有几多，才赋品味和学养；
言行当严谨慎重，切不可骛远好高，
须留意灼见歪理，二者之间的界标。

---

① 西方古人认为，尼罗河畔的“虫豸”（包括昆虫、蛙、蛇之类的动物）是河畔淤泥在太阳照耀下自然化生的结果。莎士比亚名剧《安东尼与克莉奥佩特拉》（*Antony and Cleopatra*，1607）当中即有此种说法。

自然给万事万物，设下相宜的限制，
贤明地约束人类，骄矜自负的才智。
正如海洋在此处，侵削陆地的幅员，
同时又会在彼处，留下广袤的沙原，
人的心智也如此，倘若记忆力优异，
圆融透彻的悟性，便往往不尽人意；
想象的炽烈光芒，明晃晃四射之处，
记忆的柔软形体，又难免融化模糊。
一个人所秉才赋，只胜任一个学科，
学海是如此广袤，心智是如此逼仄：
它不单会局限于，一门特定的学问，
常常还会局限于，学问的特定组分。
我们与昏君相似，葬送已拓的疆土，
就因为眼高手低，奢求更大的版图；
每个人皆可具备，管好一省的能力，
却不肯屈尊安守，自己熟悉的领地。

第一义是师法自然，构筑评判基石，
依据她天公地道，亘古如一的标尺：
从无舛错的自然，永远都神圣辉煌，
放射出清亮恒定、普照万物的华光，
为万物注入生命，也注入力量和美，
是文艺的源泉，文艺的目的和量规。

文艺从自然摄取，各自的适度养料，
使作品朴质无华，不流于炫耀招摇。
好比鲜活灵魂，赋予美好形骸生机，
以精气滋养全身，以活力充塞全体，
指引每一个动作，撑持每一根神经，
自身虽隐遁无形，作用却历历分明。
有的人上苍眷顾，生来便才气四溢，
只可惜判断差池，有才也无济于事，
皆因才气与眼力，往往会彼此抵牾，
尽管两者本应该，相扶持如同夫妇。
缪斯骐骥[1]需引导，切不可一味催促，
要节制它的狂躁，别苛求它的速度；
这一匹带翼神驹，也好比凡间烈马，
奔跑时遇到拦阻，才尽显坚韧不拔。

前人依循的准则，是发现而非创制，
它们依旧是自然，只不过经过整理；
自然就好比自由，即便受约束管辖，
终归只会受制于，她自己所颁律法。

---

① 缪斯骐骥（the muse's steed）即下文中的“带翼神驹”，指的是古希腊神话中的飞马珀伽索斯（Pegasus），诗歌灵感的象征。

请倾听博雅希腊，宣读她有益规章，
何时当收敛克制，何时当尽兴翱翔：
她登临帕纳索斯[①]，在山巅昭告胤族，
向他们一一指明，登顶的艰难道路；
她在那遥远之地，高擎那不朽奖杯，
号召其余的族裔，以同样步伐追随。
堪为典范的先例，得益于天庭启示，
她从先例汲取天启，制定金科玉律。
批评家乐于扇风，吹旺诗人的圣火，
以真理教谕世人，去膜拜佳篇杰作。
那年月批评允当，不愧为缪斯丫鬟，
为缪斯梳妆打扮，使世人爱戴更添；
只可惜后世才子，竟偏离这条正道，
得不到小姐芳心，便去向丫鬟示好；
拿起诗人的武器，掉转头对付诗人，
定要以刻骨仇恨，来回报授业师尊。
正如现代的药师，受教于医师处方[②]，
之后便不自量力，把医师角色担当，
依循错解的医理，肆无忌惮地诊治，

① 帕纳索斯（Parnassus）为希腊名山，在古希腊神话中是酒神狄俄尼索斯（Dionysus）和太阳神阿波罗的圣山，还是文艺女神缪斯的居所。

② “受教于医师处方”原文为“taught the art by doctor’s bills”，其中“bills”兼“处方”与“账单”二义，这句原文由此也可以译为“受激于医师进账”。

又开方又用药，还把医师称作傻子。[1]
有的人疯狂劫掠，古典作家的篇什，
光阴与蠹虫之害，皆无法与之相比。
有的人庸凡至极，毫无创造力可言，
却撰写恶俗指南，教旁人拼凑诗篇。
有的人背离常理，忙不迭卖弄学识，
还有的百般诠释，到头来言不及义。

批评家由此可知，若追求评判允当，
便须对先贤特质，一家家了如指掌；
谙悉其所有作品，情节主题和意蕴，
以及其所处时代，宗教风土与精神；
若未熟知前述种种，历历如在眼前，
或许能吹毛求疵，却无法批评赏鉴。
须当对荷马作品，勤探讨乐此不疲，
昼日里用功诵读，夜晚又冥想苦思；
借此培养判断力，确立准则和公理，
回溯缪斯的渊源，直至她们的起始。

---

① 以上四行的背景是，当时英国的一些医师提出倡议，希望为生病的穷人设立免费的公共药房，使他们免受私家药师的盘剥。可想而知，这一倡议遭到药师们的激烈反对。蒲柏的友人、英国医生及诗人塞缪尔·加斯（Samuel Garth，1661—1719）是这一倡议的支持者，曾以讽刺史诗《药房》（*The Dispensary*，1699）叙写这场争议。

要时时比照准则，细揣摩荷马文本；
并让曼托瓦缪斯[1]，来指引自家评论。

遥想年轻的马罗，初展他无量才智，
要创作比永恒罗马[2]，更永恒的文字，
那时他仿佛，高蹈于批评准则之上，
看不起任何前贤，只以自然为榜样；
但当他仔细审视，各式各样的范例，
却见自然与荷马，究其实别无二致。
于是他惊叹折服，收束他大志宏图，
将作品精雕细琢，使臻于谨严合度，
仿佛每行都经过，斯塔基拉人[3]过目。[4]

---

① “曼托瓦缪斯”（Mantuan Muse）和下一行当中的“马罗”（Maro）都是指维吉尔。维吉尔出生在意大利北部城镇曼托瓦（Mantua）附近，全名“普布柳斯·维吉柳斯·马罗”（Publius Vergilius Maro）。

② 古罗马诗人提布鲁斯（Albius Tibullus，前55?—前19）为罗马创制了“永恒之城”（Urbs Aeterna）的美称。

③ “斯塔基拉人”（Stagyrite）即亚里士多德。亚里士多德出生在希腊古城斯塔基拉（Stagira），他撰著的《修辞学》（*Rhetoric*）和《诗学》（*Poetics*）对西方文艺产生了十分深远的影响。

④ 据蒲柏原注所说，按照公元4世纪古罗马文法家塞尔维乌斯（Servius）的记载，维吉尔的文学创作始于一篇关于阿尔巴人（Alban）和罗马人远古战事的诗歌，后来他发现这样的作品超出自己的年龄，便仿效公元前3世纪的古希腊诗人忒奥克里托斯（Theocritus），专意创作田园诗歌，再后来才取法荷马，开始创作史诗。

由此可知古典准则，理应受人推尊，
取法古典准则，等于取法自然本身。

但世上有一些美，非准则所能涵盖，
因为美有苦心营造，也有信手拈来。
诗歌与音乐相似，两者都孕育奇迹，
无以名之的妙谛，无法可依的神笔，
此境非庸手可望，唯大师方能企及。
诗人若发现准则，太苛严有碍施展
（准则既已是成规，自然会固持己见），
又偶得破格笔法，可写尽胸中丘壑，
似此等破格笔法，便成为崭新准则。
于是乎珀伽索斯，寻找到捷径一条，
尽可以勇往直前，不遵循普通轨道。
大才子时或成就，逾越常规的壮举，
攀升到批评行家，不敢置喙的绝域，
发动英勇的变乱，突破凡俗的界疆，
不期然攫得一缕，超出人力的神光，
它不经理性权衡，便征服众人心灵，
霎时间完满达成，自身承载的使命。
风景中也有各种，赏心悦目的奇葩，
同样是孤标独树，背离自然的常法，

比如嶙峋的怪石，或是突兀的悬崖。
但古人虽可如此，将既有准则扰乱
（因他们好比君王，可废止自颁法典），
今人却千万小心！若准则必须背离，
只可背离其条文，切莫背离其用意；
破格只可偶一为之，聊解燃眉之急，
至少还得找到先例，以为申辩余地；
否则定有批评家，施辣手毫不留情，
将你的声名抄没，好贯彻他的法令。

我知道在一些，专横独断者的眼里，
破格之美皆疵谬，哪怕是古贤手笔。
诗文中一些意象，单独看或凑近看，
确然有丑怪之状，确然有荒诞之玷，
但若是结合它们，所处的位置氛围，
再拉开适当距离，便看出形神双美。
英明主帅用不着，非得把他的兵丁，
排成整齐的队列，摆出中看的阵形，
他懂得见机行事，也懂得因地制宜，
会适时隐藏实力，甚或是佯装逃逸。
看似差池的文字，往往是诗人妙算，

荷马可从不打盹[1]，是我们发梦发癫。

每一座古代圣坛，至今仍月桂[2]长青，
高矗在亵渎之手，无法企及的绝顶，
无惧熊熊烈火，和猛烈更甚的妒焰，
无惧滔天战祸，和泯灭一切的岁年。[3]
看，万千邦国的学人，齐来焚香顶礼！
听，万千民族的语言，齐唱嘹亮颂诗！
但愿所有的声音，共襄这公允表彰，
汇成一曲全人类，同心同意的合唱。
常胜诗人万岁！你们生逢幸运年代，
身登不朽的殿堂，永享举世的崇拜！
你们的熠熠荣光，与岁月一同增长，
好比下注的河川，水面越来越宽广；
你们的赫赫声名，将震撼未来民族，

① 贺拉斯曾在长诗《诗艺》（*Ars Poetica*）中写道：“了不起的荷马也有打盹之时。”蒲柏此处反用其意。

② 以桂冠（用月桂枝叶编成的冠冕）嘉奖优秀诗人，是一个源远流长的西方传统。

③ 以上两行的“熊熊烈火”是指秦始皇焚书及古埃及亚历山大图书馆遭到焚毁之类的劫难，蒲柏后来在讽刺史诗《呆厮国志》（*The Dunciad*，1743）当中讲述了这两件事情；“猛烈更甚的妒焰”是指出于嫉妒的恶意批评；“滔天战祸”是指蛮族劫掠欧洲文明国家的战争（比如哥特人侵扰罗马帝国）；“泯灭一切的岁年”可能泛指飞逝的光阴，也可能特指蒲柏心目中的中世纪黑暗年代。

尚未发现的世界，也将为你们欢呼！[1]
噢，但愿你们的圣火，洒落些许火花，
使最遥远最愚陋的子裔，得到启发
（他们借羸弱羽翼，追攀你们的高翔，
阅读时眉飞色舞，下笔却手颤心慌），
使自负的庸才，掌握一种冷门学问，
懂得崇仰高士异能，懂得质疑自身！

① 以上两行是化用英格兰诗人亚伯拉罕·库利（Abraham Cowley，1618—1667）未完成史诗《大卫记》（*Davideis*，1656）当中的诗句：“祂可畏的圣名，会将整个大地震慑，/ 一直传播到那些，尚未发现的世界。”

（第二部分）

判断力常遭蒙蔽，以至于迷途失道；
心智则常遭误导，臣服于虚弱头脑，
固持的倔强偏见；人落到这般田地，
首先是因为骄矜，笨伯必有的恶习。
自然若拒绝赐予，某一种宝贵天分，
便代之以一大堆，弥补缺憾的骄矜；
只因为我们发现，灵魂与肉体相仿，
假如说气血两亏，便容易随风鼓胀；
当我们才力不济，总是靠骄矜助威，
好填满残缺理性，留下的巨大空位。
一旦正常的神智，驱散骄矜的云翳，
真相之光便带来，无可阻遏的昼日。
切不可盲目自信，须认清自身阙漏，
借鉴所有的朋友，以及所有的敌手。

一知半解的学问，是一种危险事物；
缪斯之泉[①]须痛饮，否则请泉边止步：
我们若浅尝辄止，只落个昏醉酩酊，

① “缪斯之泉”原文为“Pierian spring”（派厄瑞迪斯之泉），派厄瑞迪斯（Pierides）是缪斯的别名。

必须到畅怀尽酣，才可望恢复清醒。
少时我们不知畏惧，初见缪斯馈赠，
便生发万丈豪情，要攀登艺文高峰，
从稚嫩心智的局促台地，放眼眺望，
只可见近处景致，全不见深远风光；
但我们渐行渐高，终难免骇然发现，
学问浩荡无涯，遥遥呈露崭新奇观！
初登阿尔卑斯峻岭，我们欣喜若狂，
刚翻过几道山谷，便以为到了天上；
亘古不化的积雪，似乎已落在身后，
最近的云海峰峦，似乎是求索尽头；
但我们身临峰顶，却只会觳觫瞻顾，
更加漫长的道路，更加巨大的险阻；
纷至沓来的远景，使我们望眼昏疲，
山外有山，阿尔卑斯层叠阿尔卑斯！

十全十美的裁判，无论读哪部佳篇，
都能够切身体会，作者的匠心灵感；
他懂得综览全体，决不会吹毛求疵，
挑剔那饱蘸狂喜，写就的神来之笔；
不会臣服于，恶意批评的无聊乐趣，
以至于丧失，激赏真才的厚道欢愉。
但也有一些诗歌，无低潮亦无高潮，

冷冰冰中规中矩，平淡淡合辙合调，
保持着沉稳路线，怕的是荒腔走板；
这着实无可指责，但我们不妨入眠。
才情将心灵打动，其理与自然相近，
并不靠个别组分，孤立的精准严谨；
单独的红唇明眸，不足以称为美貌，
须得是五官四体，合力造就的全豹。
所以当我们瞻仰，某一座匀称穹顶
（它堪称世界奇观，甚至令罗马吃惊！），[1]
并没有哪个构件，使我们格外震撼，
我们瞩目是因为，整体的美轮美奂；
它没有任何一处，过高过宽或过长，
既不失大胆醒目，同时又有法有章。

想看见无瑕文字，无异于希求目睹，
过去现在和未来，都不存在的事物。
要评判任何作品，须考虑作者立意，
只因为作品内容，总不出立意所及；
但凡是笔法得当，行文又明白晓畅，
哪怕有微小瑕疵，也值得鼓掌称扬。

① 以上两行说的是罗马圣彼得大教堂（St. Peter’s Basilica）的穹顶。该穹顶出自米开朗琪罗的手笔，在古迹满城的罗马也堪称一枝独秀。

才子词人也好比，教养高贵的绅士，
偶尔得不拘小节，以避免重大过失；
无视酸腐批评家，制定的种种准则，
因不懂琐屑规矩，不失为可钦美德。
批评家大多迷恋，特定的二流手法，
总是拿某个局部，来评骘整体高下：
他们嘴上说原则，其实是全凭感觉，
不惜为嗜痂之癖，牺牲掉所有一切。

听人说从前某日，拉曼却那位骑士①，
旅途中偶然遇见，某一位吟游才子，
于是摆出圣贤架势，满口伟论宏辞，
邓尼斯评希腊戏剧，至多不过如此；②
结论是，只有无可救药的醉鬼蠢驴，
才胆敢违背，亚里士多德定的规矩。
故事中这位作家，喜逢这严谨裁判，
忙不迭拿出剧本，请骑士多加指点；

① “拉曼却那位骑士”指西班牙大作家塞万提斯（Miguel de Cervantes，1547—1616）小说《堂吉诃德》（*Don Quixote*，1615）的同名主角。据书中所载，堂吉诃德生活在西班牙的拉曼却地区（La Mancha）。

② 邓尼斯（John Dennis，1657—1734）为英国批评家及剧作家，蒲柏的终身论敌。蒲柏这首诗是二人结怨的开端（参见后文关于“阿皮乌斯”的诗行及相关注释）。

给他看宗旨主题，再加上情节大纲，
看风格，看情感，看三一律[①]，还少哪样？
只需略去剧情里，提及的校场比武，
全剧便无懈可击，与准则完全相符。
“什么！略去校场比武？”骑士大声喝问；
“是的，否则就难免，背弃斯塔基拉人。”
“老天作证，万万不可！”骑士火冒三丈，
“骑士随从和骏马，都必须登台亮相。”
“戏台可没法容纳，这么大一帮演员。”
“那就搭一座新的，或是去旷野排演。”[②]

所以说，批评家若是异想多理性少，
求新奇不求真知，辨细故不辨全貌，
便难免流于浅见，像多数失礼之人，
一根筋拘泥小节，以至于有辱斯文。

① 三一律（three unities）亦称亚里士多德三一律（Aristotelian unities），是16世纪西方学者根据亚里士多德诗学总结的戏剧创作准则，即戏剧应保持情节一致（只有一个主要情节）、时间一致（时间跨度不超过一天）、地点一致（地点不变）。

② 以上十八行讲述的故事并不是塞万提斯《堂吉诃德》的情节，而是出自西班牙作家阿维兰讷达（Avellaneda）撰著的《堂吉诃德》续篇。蒲柏写作此诗之时，该续篇英译本刚刚面世。“阿维兰讷达”是个化名，该作家真实身份迄今未知。

其中一些的偏好，只限于花巧比方，
只限于行行诗句，喷吐的炫目奇想；
他们乐见的作品，无一处切当淹允，
不过是耀眼才思，胡乱堆砌的混沌。
这种类型的诗人，就好比蹩脚画家，
描不出赤裸自然，活色生香的风华，
只好用金银珠宝，包裹她全身上下，
借种种华丽装饰，遮掩其技拙才乏。[①]
真正的妙笔只是，妆扮得体的自然，
写的是常人所想，表述却空前精炼；
它会为我们呈现，我们内心的图景，
承载着真相至理，使我们一见输诚。
正如阴影更适合，衬托光线的亮丽，
素淡含敛的文笔，也凸显明快才思；
因为过多的才思，于作品有害无益，
好比太旺的血气，同样会戕贼身体。

另有一些批评家，只关心字句词藻，
像女人品评男人，看书本光看外表：

---

① 以上八行是蒲柏对玄学派诗人（Metaphysical poets）的批评。这个诗派背离诗歌抒情传统，注重阐发哲理，诗作往往意象奇特，比喻新巧，代表人物包括约翰·多恩（John Donne，1572—1631）和亚伯拉罕·库利。玄学派在蒲柏的时代备受贬抑，到20世纪才开始获得好评。

他们要赞美作品，永远说“辞采焕然”，
同时谦恭地认定，作品有丰富内涵。
但词藻好比树叶，内涵则好比果实，
树叶若太过繁盛，果实便寥寥无几。
空洞的华丽词藻，如折光棱镜一般，
一味将俗艳色彩，投射到四方八面；①
使我们再难看清，自然的真实容貌，
一切都炫目耀眼，一切都花里胡哨；
真确文辞却好似，永恒不变的阳光，
使一切清晰显现，使一切更添辉煌，
给万物镀上金边，却不改万物模样。
文辞是思想衣装，须遵循永恒法度，
越写得恰如其分，越显得赏心悦目；
低俗怪异的比喻，配上浮华的文字，
恰似一个乡巴佬，穿上侯王的紫衣；
不同的题材须与，不同的风格搭档，
像乡村城镇宫廷，各处有各处时尚。
有的人欺世盗名，爱搬用前贤雅言，
字句似古人经典，义理则今人陋见；
苦心炮制无聊篇什，文风着实奇妙，
适足令无知者发懵，令博学者发笑。

① 棱镜折射分光的现象是牛顿于1666年发现的，当时还是个新鲜事物。

这些个时乖运蹇、看似聪明的笨伯，
满脑子病态虚荣，像戏里的方格索[1]，
神气活现地穿戴，旧时贵族的衣着；
但这样仿效先哲，至多也只能企及，
那些个披上戏装，假扮古人的猴子。
文字依循的准则，与时装同出一辙，
太新潮或太老派，都显得怪诞出格；
千万不要第一个，试穿全新的服色，
也不要最后一个，把旧衣束之高阁。

大多数批评家，却以格律衡量诗作，
只看它是否悦耳，以声韵区分对错；
明艳的缪斯兼采，千万风情于一身，
这些个呆子乐迷，只崇拜她的嗓音；
他们去帕纳索斯，仅仅为耳朵受用，
不希求增益心智，就好比某些教众，
去教堂不为教义，光想着听听歌咏。
他们不要求别的，只要求音节整齐，

[1] 方格索（Fungoso）是英格兰剧作家本·琼森（Ben Jonson，1572—1637）讽刺喜剧《皆失常态》（*Every Man out of His Humour*，1599）当中的角色。

哪怕那元音间隙，往往使耳朵起腻；[1]
哪怕句子要靠虚词，提供羸弱助力；[2]
哪怕常有十个歪词，溜进一行歪诗；[3]
哪怕诗人都照搬，同一套死板韵脚，
拼凑些可想而知，毫无新意的曲调。
但凡这一行写道，“西来的凉爽轻风”，
下一行必然会有，“呢喃着穿过树丛”；
若有清澈溪涧，“琤琤淙淙潺潺湲湲”，
读者便未卜先知，下一行韵脚是“眠”；
整首诗只有两行，包含“思想”的文字，
那便是篇末对句，说了些谬论歪理，
尾行却多此一举，生搬亚历山大体[4]，

① 元音间隙是指相邻音节出现两个元音，其间没有辅音间隔，诗句里的元音间隙通常被视为一个弊病。为了说明问题，蒲柏刻意让自己这行诗里出现了多个元音间隙。这行诗原文是“Though oft the ear the open vowels tire”，其中“Though / oft”“the / ear”“the / open”都是元音间隙。

② “虚词”是指塞进诗行以满足格律要求的无意义词汇，蒲柏刻意在自己这行诗里用了一个虚词。这行诗原文是“While expletives their feeble aid do join”，其中“do”没有实义。

③ 英文诗歌的一种常见格律是五步抑扬格（蒲柏此诗便是如此），每行诗十个音节。就这种诗体而言，如果一行诗包含十个词，意味着每个词都是单音节。单音节词太多的句子，往往被西方文人目为庸劣。蒲柏刻意把自己这行诗写成了十个单音节词的组合：“And ten low words oft creep in one dull line.”

④ 亚历山大体（Alexandrine）是指一行十二个音节（六音步）的诗句，得名于中世纪的法文叙事长诗《亚历山大传奇》（*Roman d'Alexandre*）。

写得冗长又拖沓，与受伤蛇虫相似。[1]
由此辈自唱无聊谣曲，我们则须当，
体会何谓悱恻舒徐，何谓遒劲酣畅；
须当称赏佳句里，游刃有余的神髓，
有登讷姆的刚健，又有沃勒的柔美。[2]
真正的挥洒自如，是练就而非偶得，
就好比从容舞步，只属于娴熟舞者。
仅仅是谐律中听，算不得大功告成，
音韵须配衬题旨，充当意蕴的回声：
要叙写轻柔西风，当使用和婉诗行，
平缓溪涧也当在，平缓音韵中流淌；
但若是惊涛拍岸，激荡出水石喧嚣，
诗行须粗砺震耳，像洪波怒吼咆哮。
当埃阿斯拼尽全力，投掷千钧巨石，[3]
句子亦须步履艰难，节奏沉凝迟滞；
当卡米拉倏然跑过平原，掠过海面，

① 这一行的原文就是亚历山大体："That, like a wounded snake, drags its slow length along."

② 登讷姆（John Denham，1614 / 1615—1669）为英格兰诗人，以诗风刚健简洁闻名；沃勒（Edmund Waller，1606—1687）为英格兰诗人及政客，以辞采华美闻名。

③ 埃阿斯（Ajax）是特洛伊战争中的希腊联军勇士，以力大无穷著称。荷马史诗《伊利亚特》（*Iliad*）第七卷当中有埃阿斯向敌手投掷巨石的情节。

扫过没打弯的麦穗，写法则须相反。[1]
请倾听蒂莫修斯[2]，如何以多变旋律，
出其不意地摆布，听者的心情意绪！
利比亚宙斯之子[3]，随着他每次变调，
这一刻豪气满怀，下一刻柔情盈抱；
这一刻双眼圆睁，目光中怒火熊熊，
下一刻喟然叹息，以至于泪如泉涌：
波斯人和希腊人，一样地情不自禁，
征服世界的英主，向乐声俯首称臣！
音乐有神奇魔力，所有人无不倾倒，
蒂莫修斯与德莱顿[4]，古今各领风骚。

---

① 卡米拉（Camilla）是维吉尔在史诗《埃涅阿斯纪》（*Aeneid*）当中写到的一个女战士。按照《埃涅阿斯纪》第七卷的形容，卡米拉拥有惊人的速度，能够跑过麦田不踩坏麦穗，跑过海面不打湿双脚。

② 蒂莫修斯（Timotheus）是公元前 4 世纪的马其顿宫廷乐师，深受亚历山大大帝（Alexander the Great，前 356—前 323）的宠爱。

③ “利比亚宙斯之子”即亚历山大大帝。亚历山大大帝曾造访利比亚的阿蒙神谕所，之后便自称“阿蒙之子”。阿蒙（Ammon）是北非神话中的主神，地位相当于古希腊神话中的宙斯（Zeus）和古罗马神话中的朱庇特（Jupiter）。

④ 德莱顿（John Dryden，1631—1700）为英格兰著名诗人，与蒲柏大致同时，蒲柏对他十分推崇。德莱顿写有颂诗《亚历山大的盛宴，或说音乐的魔力》（*Alexander's Feast, or the Power of Music*，1697），其中写到亚历山大大帝击败波斯君主，之后在波斯都城大摆宴席，蒂莫修斯在席间献唱，借音乐激起亚历山大的各种情感。此诗衍生的合唱曲目《亚历山大的盛宴》（1736）由德裔英国作曲家亨德尔（George Frideric Handel，1685—1759）配曲。

评判切莫走极端，勿与两类人为伍，
一类人太难取悦，一类人太易满足。
揪住每处微瑕嗤笑讥嘲，动怒着恼，
只可证傲气太多，抑或是理性太少；
此种头脑一如挑剔胃肠，定非上佳，
吃什么都犯恶心，什么也无法消化。
但为每处妙笔欣喜若狂，亦非允当，
智者只惺惺相惜，傻子才一味崇仰；
正如雾气使事物，看起来大于实际，
愚痴也有此神效，堪与放大镜相比。

有人鄙视外国作家，有人鄙视土产，
有人只推重时文，有人只推重古典；
这些人评判才智，就好比狂热信徒，
只崇奉特定支派，将其余一概斥逐。
这些人生性促狭，想限制太阳恩光，
要让它偏照一隅，不让它普照万方，
但太阳从来不是，只哺育南方才华，
寒冷北地的灵气，也得到它的催发；
它曾经光耀，创世以来的无数纪元，
它照亮当代，还将为末世送去温暖，
虽然说每个纪元，都难免起落兴衰，
有时候天清气朗，有时候云翳阴霾。

所以说评判才智，不应有今古之别，
永远只当礼敬真才，谴责假冒伪劣。

有的人从未形成，自出机杼的判断，
只知道捕捉坊间，广泛流行的观点；
他们的理据结论，无不以先例为凭，
满脑子他人滥调，从没有自家发明。
有的人不看作品，看的是作者名头，
褒贬不针对文章，只针对文章写手。
这一班奴辈之中，更有个下作之尤，
仗恃着骄傲呆痴，与显贵交朋结友，
常年在公侯餐桌，扮演批评家角色，
为他的勋爵大人，勤搬运瞎说胡扯。
假使有某个卖文饿汉，又或者是我，
写了首牧歌，不知会被他怎样奚落！
但若是爵爷，碰巧写出同样的作品，
“这才华何其耀眼！这文笔何其清新！”
爵爷的神圣名号，使瑕疵悉数逃亡，
每一节尊贵诗章，都充满奇思妙想！

所以说群氓差谬，病根在人云亦云；
学人疏失的因由，则常是立异标新。
他们对平凡大众，实在是太过鄙薄，

若大众偶然说对，他们便刻意说错：[1]
宗教分裂派，也这样离弃普通信徒，
过分的聪明，徒然使他们永劫不复。

有的人晨间赞美，晚间便改口诟詈，
同时又始终认为，最新评判最精辟。
这些人对待缪斯，像对待玩偶情妇，
这一刻全心仰慕，下一刻任意凌辱；
他们的虚弱头脑，像不设防的空城，
天天都任由理智和愚痴，轮流占领。
问他们为何反复，他们说日有长进，
将来还会更睿智，明朝又胜过如今。
我们这一辈，聪明得把先辈当蠢人，
更聪明的后辈，当然也会鄙视我们。
我们的狂热岛屿，曾挤满神学学究；
谁最懂箴言圣训，著作便脍炙人口；
信仰福音和一切，似皆为争议而生，
无人有足够理智，肯承认自家过眚：

① 据西方学者注释所说，在蒲柏诗稿当中，这个对句之后还有一个对句："他们装腔作势，似乎拥有高妙玄思，/痛恨一切平常之物，甚至包括常识。"

当斯派托马斯派[①]，到如今殊途同归，
在鸭巷[②]静静安躺，托身于蛛网同类。[③]
既然连信仰本身，都难免换衣换衫，
才智时尚变一变，又算得什么稀罕？
当代的闹剧往往，偏离自然的正道，
纵容油滑的聪明，逞口舌大展拳脚；
写手们都觉得，自己可望盛名常葆，
他们常葆盛名，只要呆瓜继续傻笑。[④]

有的人仅仅推重，自家同道或同门，
他们的人类准绳，永远是他们自身：
我们若一味赞美，他人身上的自己，
却自诩慧眼识才，实可谓愚不可及。

---

① “当斯派”和“托马斯派”分别源自13世纪的苏格兰神学家约翰·当斯（John Duns，1265?—1308）及意大利神学家托马斯·阿奎那（Thomas Aquinas，1225—1274）。两派曾就各种神学问题展开激烈论战。

② 据蒲柏原注所说，鸭巷（Duck Lane）是伦敦旧时的一个旧书市场。这一行是说两派的著作虽然风行一时，如今却都已经被人抛弃。

③ 把学究著作比喻为蛛网的说法，可参看亚伯拉罕·库利的诗歌《生命与声名》（*Life and Fame*，1656）。库利在诗中讥讽“（神学）学究行当的蛛网”，并在注释中写道：“学究的特质之所以可比蛛网……或是因为他们的著作极其琐细，以至于毫无分量，只能俘虏微小虫豸，或是因为他们使用的材料并不是自然产物，而是他们自己吐出来的东西。”

④ 由蒲柏的相关未发表诗行可知，以上四行说的是当时戏剧界以字谜、藏头诗、双关语等庸俗手法取悦观众的风气。

文坛的各党各派，为政党充当打手，
公开的门户之别，为私怨火上浇油。
骄矜歹意和愚蠢，齐向德莱顿出击，
化身为各色牧师、批评家和纨绔子；①
荒唐笑料转眼消逝，常识依然如故；
因为才德如日方升，终将脱颖而出。
假使德莱顿还魂，使我们眼目重明，
新的布莱克莫和米尔本②，定然化生；
岂止如此，巨匠荷马若是重返阳间，
佐伊洛斯③一定会，尾随他来到尘寰。
嫉妒会紧追才智，像影子跟着本体，
但也如影子一般，可证明本体真实；
因才智遭受嫉妒，恰可比太阳亏蚀，

---

① 以上两行是指斥那些诋毁德莱顿及其作品的人。“牧师”的代表是英格兰教士及戏剧评论家杰瑞米·科利尔（Jeremy Collier，1650—1726），他曾称德莱顿的作品伤风败俗。“批评家”的代表是英格兰批评家杰拉德·朗拜恩（Gerard Langbaine，1656—1692），德莱顿的终身论敌。“纨绔子”的代表是英格兰贵族第二世白金汉公爵（George Villiers，2nd Duke of Buckingham，1628—1687），他曾以剧作《排练》（*The Rehearsal*，1671）讽刺德莱顿。

② 布莱克莫（Richard Blackmore，1654—1729）为英格兰医生及诗人，炮制了大量平庸作品，曾攻击德莱顿的剧作。米尔本（Luke Milbourn，1649—1720）为英格兰教士、批评家及诗人，曾攻击德莱顿的译作。

③ 佐伊洛斯（Zoilus，前400?—前320）为古希腊文法家、哲学家及批评家，曾极力诋毁荷马史诗，由此成为恶意批评的代名词。

只彰显对手下流，算不得自身过失。
当太阳开始放射，格外炽烈的光线，
水汽会腾腾升起，使阳光朦胧浅淡；
但就连这些云雾，最终也成为点缀，
折射出新的华彩，为白昼添色增辉。

你须当一马当先，向真的才德示好，
待众人交口称赞，你跟风也是徒劳。
当代诗文的寿命，唉！原本不算久长，
容它们及早成名，只能说理所应当。
往昔的黄金时代，似乎已一去不返，
那时的耆硕才智，可存留万载千年；
现如今声名（我们的第二生命）短寿，
就算有也长不过，区区六十个年头；
父辈的语词总是，被儿辈百般挑剔，
乔叟便罹此厄运，德莱顿也将如此。
这就像画家运使，随心所欲的妙笔，
勾摹出胸中蓄积，辉煌灿烂的主题，
一个崭新的世界，随他的召唤诞生，
欣然相助的造化，为他的巧手效命；
但正当富丽色彩，渐渐变柔美谐和，
交融成悦目整体，光与影各得其所，
正当岁月的醇酒，使画幅臻于完满，

每一个鲜明形象，刚开始活灵活现；
诡谲无常的颜料，便出卖美好艺术，
所有的天才创造，全部都褪色模糊！①

悖时的才智，像多数遭人误解之物，
永不能弥补，它给主人招来的嫉妒。
我们在少时才会，矜夸它给的虚誉，
但这份短命虚荣，转眼便随风逝去；
好比美丽的花朵，绽放在早春时节，
花开得明艳无比，只可惜边开边谢。
劳心费力的才智，到底是什么货色？
倒像是自家妻室，却只供他人取乐；
才智越受人仰慕，主人的烦恼越多，
更大付出的酬报，仅仅是更大需索；
其令名难于保全，失去却容易之极，
免不了结仇结怨，做不到皆大欢喜；
它使得恶人畏惧，也使得善人却步，
它会遭蠢人嫉恨，还会遭奸人荼毒！

---

① 参照蒲柏原注，以上十行的比喻说的是一幅画从绘制完成到色泽稳定再到年久失色的过程。尾行是仿拟英格兰剧作家及诗人艾迪森（Joseph Addison，1672—1719）诗歌《略述英格兰最伟大的诗人》（*An Account of the Greatest English Poets*，1694）当中的句子："所有的悦目风景，全部都褪色模糊。"

既然才智已受够，无知者给的苦头，
博学者啊，切不可凑热闹与它为仇！[1]
遥想古昔时代，出类拔萃可获奖赏，
若只是兢兢业业，也得到相应称扬；
盛大的凯旋典礼，固然只属于将帅，
普通士卒却也有，加冠戴冕的光彩。
但今人一旦高踞，帕纳索斯的山巅，
便只知不遗余力，奚落下方的同伴；
自恋的痼疾攫住，每一个善妒作者，
才智的争强斗胜，变成傻子的娱乐；
但要说吝于夸奖，莫过于末流写手，
只因为劣等作者，个个是劣等朋友。
贪求赞誉的邪欲，驱使凡人去拥抱，
何等下流的门道，何等卑贱的目标！
噢，批评家万万不可，太过渴望荣光，
陷溺于危殆执念，以至于泯灭天良。
须当以广博襟怀，来辅翼广博学问；
人非圣贤孰无过，宽宥之心可通神。

但若是高贵心田，还残留少许渣滓，

[1] 据西方学者注释所说，在蒲柏诗稿当中，这个对句之后还有一个对句：“学问当与才智为友，此乃上天安排，/学问的武器，功用是捍卫而非戕害。”

尚未能彻底剔除，乖戾刻薄的习气；
尽可将矛头指向，更难容忍的罪行，
不用怕跋扈今世，会缺少此类供应。
邪恶的色情文字，绝没有理由宽饶，
哪怕它惊才绝艳，足使人心旌动摇；
但若是题材淫秽，文字又庸劣下等，
那更是可耻之极，就好比性爱无能。
在那个奢靡逸乐、脑满肠肥的时代，
疯长的腐臭莠稗，乱蓬蓬滋蔓成灾；
逍遥自在的君主①，只想着拈花惹草，
偶尔才踏足会堂，从不曾身披战袍；
国家由荡妇治理，政客则负责写戏，②
才子们都有年金，贵胄们都是才子；
娇喘吁吁的女子，闲坐看朝臣剧作，
没有哪一张面具③，散场时没有收获；

---

① “逍遥自在的君主”指1660至1685年在位的英王查理二世（Charles II，1630—1685）。查理二世耽于享乐，公开承认的私生子即达十二个之多，号为“快活王”（Merry Monarch）。

② “荡妇”指查理二世的众多情妇。查理二世的一些朝臣同时是成功的剧作家（比如前文注释中的第二世白金汉公爵），故有“政客写戏”之说。

③ “面具”代指戴面具观剧的女子。一些西方学者认为，“戴面具”暗示这些女子是娼妓；另一些西方学者指出，当时的贵族女子也有戴面具观剧的习惯，借面具掩饰出格剧情引起的尴尬。从此下两行关于“折扇”（也是掩饰尴尬的工具）和“童贞女”的描写来看，“娼妓”之说可能更合理。

再不会有谁举起，端庄矜持的折扇，
童贞女笑看，曾使她们脸红的场面。
之后的外来君主[①]，又造成新的放浪，
捡起狂妄苏西尼[②]的酒渣，喝个精光；
于是不信神的牧师，改革本国宗教，
向大家传授，较比轻松的得救门道；
纵容天国的自由民，主张自身权利，
怕的是让上帝本尊，显得太过专制；
教士们学会收敛，他们的神圣嘲讽，
使恶习愕然发现，自己受教会奉承！[③]
泰坦才子[④]趁势作乱，悍然挑战上天，

---

① “外来君主”指1689至1702年在位的英王威廉三世（William III，1650—1702）。威廉三世从荷兰入主英国，故有“外来”之说。

② 苏西尼（Fausto Paolo Sozzini / Faustus Socinus，1539—1604）为意大利神学家，主张神位一体（亦即否认三位一体），不承认基督的神性，由此被正统教众目为异端。威廉三世支持新教，蒲柏（蒲柏一家都是天主教徒）认为他受了苏西尼邪说的影响。

③ 以上两行是讽刺英格兰教士怀特·肯尼特（White Kennett，1660—1728）。私生活有失检点的第一世德文郡公爵（William Cavendish，1st Duke of Devonshire，1640—1707）去世之后，肯尼特在葬礼上发表了一篇阿谀讨好的布道词。很多人认为，这篇布道词是他后来当上主教的晋身之阶。

④ 泰坦（Titans）是古希腊神话中的巨人族，曾武力反抗主神宙斯，以失败告终。“泰坦才子”指当时的宗教异议分子（比如自然神论者）。

放肆的[1]渎神文字，压得印刷机呻唤。
批评家！赶快把飞镖，射向这些妖魔！
向它们施放雷电，向它们倾泻怒火！
同时又务必摈弃，过细过严的尺度，
那只会误导作者，使他们踏入歧途；
染疫之人才觉得，所有人都像患者，
正如眼睛害黄疸，看一切全是黄色。[2]

---

① “放肆的”原文为“licensed”，这个词兼有“得到许可的”之义。以上两行的背景是英格兰的《书报许可法》（*Licensing of the Press Act 1662*）于1695年到期废止，先前无法出版的一些非正统著作得以刊行。

② 黄疸病会使患者眼中的事物变黄，是蒲柏时代的一种流行认识。黄疸病可以导致巩膜（眼白）发黄，视物皆黄的症状则尚无科学依据。

（第三部分）

批评家须当掌握，本行的行为准则，
原因是谙悉作品，仅为你一半职责。
品味学问判断力，兼三者犹有不及；
每一句评判皆须，饱含真知与善意：
不光要让所有人，为你的见解倾倒，
并且要让所有人，愿与你结为知交。

但凡对己见有疑，则须当缄口噤声，
即便是十拿九稳，出言亦如履薄冰。
大家都识得一些，偏执倔强的活宝，
这种人一有差错，便抱着差错终老；
但我们理当欣然，承认曾有的误判，
理当让每个今日，成为昨日的校勘。

建言时句句无虚，不足称批评得法；
生硬实话的伤害，比委婉谎言还大；
若有意教诲他人，须掩去教诲痕迹，
将对方不知之理，说得像偶忘之事。
若没有优雅风度，真知将遭遇抵触；
能做到彬彬有礼，高见才受人景慕。

无论有何种借口，皆不应吝于建议，
因为最恶的贪欲，莫过于私藏真知。
切不可献媚讨好，说假话辜负信任，
亦不可拘泥礼数，以至于有失公允。
用不着心存顾虑，怕贤哲动怒作色；
值得赞美的伟人，最能够容忍诘责。

批评家畅所欲言，原本是美事一件，
阿皮乌斯却不然，一听批评就红脸，
瞪大他狞恶双眼，直叫人落魄失魂，
就好像古代挂毯，刻画的发怒暴君。①
最应避免的蠢举，是招惹显赫笨瓜，
他们有权利保持，不受非难的呆傻：
此辈虽绝无文才，却随意冒充诗人，
虽没有半点学问，照样是学位加身。②

---

① 阿皮乌斯（Appius）是公元前5世纪的古罗马政客，以骄横淫纵闻名。这里的“阿皮乌斯”实指前文提及的英格兰批评家邓尼斯。邓尼斯喜欢瞪眼，写有关于阿皮乌斯的悲剧《阿皮乌斯与弗吉尼亚》（*Appius and Virginia*，1709）。“直叫人落魄失魂”原文为“tremendous”（“极其可怕的”），是邓尼斯非常爱用的词汇。蒲柏这几行诗使邓尼斯勃然大怒，以至于极力诋毁此诗，以及蒲柏本人。有鉴于此，蒲柏后来为这几行诗补了一条注释：“凶悍的职业批评老手约翰·邓尼斯，把此处刻画的形象对号入座……由此以一种十足疯狂的方式，撰文攻击此诗及其作者……”

② 这一行说的是牛津大学和剑桥大学向贵族滥授学位的时弊。

不妨任由讽喻外行，直陈危险真相，
任由下作的马屁精，大肆恭维夸奖，
世人根本信不过，后者的阿谀奉承，
正如信不过他们，戒绝滥造的保证。
赶上某些场合，最好收起针砭之笔，
尽可慈悲为怀，听凭蠢材自鸣得意：
此时你大加挞伐，倒不如默然缄口，
他们能瞎写不停，有谁能痛斥不休？
他们永远嗡嗡营营，保持昏昏路线，
好似陀螺一般，在长期抽打中入眠。①
磕磕绊绊反倒会，帮他们重新加速，
好比劣马踉跄之后，又能重整步武。
千万个此类诗人，狂妄得不知罪孽，
套用陈年的声韵，丁零当啷的音节，
雅兴一发不可收，无休止写了又写，
直写得渣滓不剩，直写得脑汁枯竭，
务必挤出肚肠里，最后的庸劣秽物，

① 快速平稳旋转的陀螺，看起来像是静止的，所以有“入眠”之说。英文习语“sleep as a top”（字面意思是“睡得像陀螺一般”，实际意思是“睡得很沉”），便是衍生于这种现象。除此而外，德莱顿剧作《童贞女王》（*The Maiden Queen*，1667）篇末附有《一位贵人的跋诗》（*Epilogue Written by A Person of Honour*），诗中写道：“但我有一天，听这位活宝诗人说，/ 批评家好比鞭子，他自己好比陀螺；/ 因为陀螺越遭抽打，越是旋转，/ 他也是越遭鞭笞，写得越欢。”

满怀着技穷恼怒，气冲冲吟诗作赋。

疯癫放肆的诗人，我们已有所领教，
同样无耻的批评家，亦非虚无缥缈。
此类书呆子白痴，破万卷依然无知，
脑子里成堆成垛，全都是学问枯枝，
永远靠自己唇舌，来启迪自己耳朵，
永远都像是正在，自己听自己啰嗦。
他们什么书都读，读什么诋毁什么，
上至德莱顿寓言，下至德厄菲传说。[1]
他们认定多数作家，作品非买即偷，
认定加斯的《药房》，不出自加斯之手。[2]
他们见新戏面世，便自居作者之友，
甚至帮着指谬——作者哪有机会补救？

---

① 德厄菲（Thomas D'Urfey，1653—1723）为英国剧作家及诗人，写有各式各样的剧本、歌谣和诗篇，蒲柏对他的作品评价不高。这一行里的“寓言”和“传说”可能只是泛泛指称，如果有具体对象的话，则可能指德莱顿的杰作《古今寓言》（*Fables, Ancient and Modern*，1700）和德厄菲的劣作《悲喜传说》（*Tales Tragical and Comical*，1704）。

② 据蒲柏原注所说，当时有许多人认为加斯的《药房》（参见前文注释）不是加斯自己写的，蒲柏特意在此处为加斯主持公道。另据英国词典编纂家塞缪尔·约翰逊（Samuel Johnson，1709—1784）《英格兰诗杰传》（*Lives of the Most Eminent English Poets*，1779—1781）所说，当时甚至有人声称，《论批评》也不是蒲柏自己写的。

这些活宝眼里，没有不能闯的圣殿，
圣保罗的内堂，不比它的庭院安全；[①]
他们敢扑上圣坛，对死者聒噪不已，[②]
因为傻子勇于，冲进天使避忌之地。[③]
多闻阙疑的理性，发言必慎重含敛，
它始终谨守门户，出外也行而不远；
响叮当的非理性，却全力冲决堤岸，
从不知惶恐敬畏，从不肯改弦易辙，
化身为咆哮潮水，不可挡滔滔喷射。

但何处有此等人物，擅长予人忠告，
永远都乐于教诲，却不以学问自傲？
永远能不偏不倚，从不受好恶蒙蔽；
不秉持庸凡定见，不盲目自以为是；
博学而不失礼貌，礼貌而不失诚恳；

① 圣保罗（St. Paul's）即伦敦名胜圣保罗大教堂。这座教堂的庭院一度成为书贩摆摊的市场，教堂内部也成为闲杂人等聚会的场所。

② 据西方学者注释所说，在蒲柏诗稿当中，这一行和上一行之间还有四行："随你耸肩流汗，竭力逃走，通通枉自，/他们只知道诗文，不知道何谓礼仪。/他们会打断饥饿牧师，饭前的祷告，/逼着对方好好享用，三一律的奥妙。"

③ 以上四行诗讽刺的行为有个实例，出自法国诗人及批评家鲍娄（Nicolas Boileau-Despréaux，1636—1711）的长诗《诗艺》（*L'Art poétique*，1674）。诗中嘲讽了一个名为佩里尔（Du Perrier）的法国诗人，此人在教堂里遇到鲍娄，坚持要把自己的诗作念给鲍娄品评，不顾当时正在举行圣礼。

大胆而不失节制，严格而不失宽仁；
坦然揭友朋之短，欣然赞仇敌之长；
这样的批评大师，须当向何处寻访？
既拥有高雅品味，又不致囿于所好；
既通晓书本学问，又洞悉人情奥妙；
将真知慷慨分享；灵魂无骄矜之疾；
见贤才不吝称赏；何处觅此等大师？

批评家曾经如是；古昔的雅典罗马，
有幸在美好时代，孕育出几位大家。
斯塔基拉的巨匠[1]，第一个离岸出航，
扬起他所有风帆，勇闯那渊深大洋；
迈欧尼亚的星辰[2]，以辉光为他引路，
他牢牢把稳舵盘，终探明广远大陆。[3]
诗人一族历来是，无拘检自在逍遥，

---

① “斯塔基拉的巨匠”即亚里士多德，参见前文注释。

② “迈欧尼亚的星辰”即荷马。按照西方传统说法，荷马的故乡是又名迈欧尼亚（Maeonia）的小亚细亚古国吕底亚（Lydia）。荷马是亚里士多德文艺批评的主要对象。

③ 据西方学者注释所说，在蒲柏诗稿当中，这一行和下一行之间还有四行：“当他像他的高足，将自然万物征服，/却只是喟然叹息，将更大功业企慕，/因为想象力的蛮荒之地，尚未归顺，/那是个无垠帝国，不承认任何国君。”诗中“他的高足”是指受教于亚里士多德的亚历山大大帝，“将自然万物征服”是指亚里士多德在自然科学领域的辉煌成就。

历来将野性自由，视为珍宝和骄傲，
却接纳他的律法①，个个都深信不疑：
能征服自然的贤哲，理应管领才智。

贺拉斯优雅散漫，谈笑间俘虏心灵，
不拘泥方法程式，借闲话启迪理性，
如我们友人一般，总是用亲切口气，
用最平易的风格，阐明最真的道理。
他才思秀出群伦，判断力同样称冠，
既能够纵情挥写，又能够恣意品鉴，
他创作激情似火，评判却冷静如水，
他所倡导的准则，皆与他作品不悖。
我们的批评家，走的是另一个极端，
评判时激烈火爆，创作时僵冷漠然。
批评家们的胡乱引用，连累贺拉斯，
危害不亚于，伪冒才子的胡乱翻译。

请看狄奥尼修斯②，提炼荷马的思想，

---

① “他的律法”指亚里士多德撰著的《修辞学》和《诗学》（参见前文注释）。

② 狄奥尼修斯（Dionysius of Halicarnassus）是公元前 1 世纪的希腊裔古罗马历史学家及修辞学者，推崇希腊古典。他的著作包括《遣词造句》（*The Arrangement of Words*），书中称赞荷马是史诗创作的完美典范。

从每一行诗句里，召唤出新的辉煌！

快活的佩托纽斯[1]，才情技艺皆可人，
兼具学人的渊博，以及廷臣的和顺。

昆体良[2]谨严庄肃，以浩繁卷帙收纳，
最为允当的准则，最为明晰的方法，
使我们武库充盈，不缺少锐利刀枪，
一件件排列整齐，一件件磨洗生光，
不单是眼前美景，更堪为掌中利器，
永远都趁手合用，随时可领命出击。

张扬的朗吉纳斯[3]！受九位缪斯启迪，
她们使诗人之火，充溢你批评文字。
你是位热肠判官，自信得豪气干云，
凭激情断案定谳，却从无不公之论；

---

① 佩托纽斯（Petronius Arbiter，27?—66）为古罗马朝臣及作家，以品味高雅著称，曾担任古罗马皇帝尼禄的“风雅判官”（*arbiter elegantiarum*）。

② 昆体良（Quintilian，35?—100?）为古罗马教育家及修辞学家，对后世影响深远。诗中的“浩繁卷帙”是指他撰著的十二卷本修辞学经典《雄辩原理》（*Institutio Oratoria*）。

③ 古罗马时代的《论壮美》（*On the Sublime*）是西方的一部美学及文艺批评经典，作者迄今未知。朗吉纳斯（Longinus）是西方学人对该书作者的传统指称。《论壮美》的文字激情洋溢，本身也具有壮美风格。

你以自身为范例，巩固你所有箴规，
你本人就彰显，你铺陈的雄浑壮美。

众大师薪火相传，皆施行平允善政，
抑制过度的自由，颁布有益的法令。
学问伴随罗马帝国，版图日益扩张，
文艺紧跟帝国雄鹰[①]，飞向四面八方；
最终却齐遭劫难，被同一死敌摧残，
学问和罗马帝国，在同一年代沦陷。[②]
随后兴起的迷信，与暴政沆瀣一气，
这一个奴役身体，那一个奴役心智；
信从的教条甚多，懂得的道理甚少，
人若是愚昧无知，便等于品行良好；[③]
大洪水再度滔天，使学问统统湮灭，
僧侣踵继哥特人，铸成其未竟恶业。[④]

---

① 雄鹰是罗马帝国军旗的图案。

② 以上两行指涉西罗马帝国于公元476年亡于日耳曼蛮族哥特人（Goths）之手的史实，参见下文。

③ 据蒲柏原注所说，这一行和下一行之间原本还有两行："骄矜才子和批评家，统统遭到禁止，/除圣徒之外，谁也没有自豪的权利。"

④ 西罗马帝国灭亡之后，欧洲进入宗教文化占据主导地位的中世纪。蒲柏认为中世纪是一个学术沦亡的黑暗时期，比之为《圣经》记载的大洪水。

到最后伊拉斯谟，这位蒙尘的巨子
（他是神父的光荣，也是神父的羞耻！），[1]
来遏止野蛮时代，潦水横流的洪灾，
将神圣汪达尔人[2]，驱赶出历史舞台。

请看！所有的缪斯，全都在利奥[3]盛世，
从昏迷之中醒来，将凋残桂冠补葺！
古代罗马的精魂，从瓦砾堆里复苏，
抖落身上的灰尘，昂起尊贵的头颅，
雕塑和姊妹艺文，再一次奋然勃兴，
乱石纷纷变成作品，山岩有了生命；
更美的旋律，回荡在每座新修圣殿，

---

① 伊拉斯谟（Erasmus，1466—1536）为尼德兰人文主义思想家及神学家，对阿尔卑斯山以北欧洲的文艺复兴作出了巨大贡献。他身为天主教神父，但主张宗教宽容，由此遭到天主教徒和新教徒的同时反对。他的辉煌成就使他成为“神父的光荣”，其他神父对他的攻击（或者是他对其他神父的攻击）则使他成为“神父的羞耻”。

② 汪达尔人（Vandals）是日耳曼蛮族的一支，曾于公元5世纪劫掠罗马城，由此成为文化破坏者的代名词。“神圣汪达尔人”指敌视艺文的顽固教士。

③ 利奥即1513至1521年在位的教皇利奥十世（Leo X，1475—1521）。利奥十世喜欢音乐、诗歌和戏剧，在位期间大力奖掖艺文，使意大利的文艺复兴达至鼎盛。苏格兰哲学家大卫·休谟（David Hume，1711—1776）曾将利奥十世誉为“有史以来最杰出的教皇之一”。

拉斐尔挥笔作画，维达来谱写诗篇。[①]
不朽的维达！你荣耀的额头生长着，
批评家的常春藤，诗人的月桂枝柯；
克雷莫纳有了你，便可以永世矜夸，
地方紧挨曼托瓦，声望也仅次于它！[②]

只可惜不久之后，亵神渎圣的武力，
便把缪斯赶离，自古栖居的意大利；[③]
艺文向北方挺进，流布所有的土地，
但说到批评之学，最盛莫过法兰西；
彼邦民众天生顺从[④]，谨守批评规章，
鲍娄在文坛称尊，执掌贺拉斯权杖。[⑤]

---

① 意大利绘画大师拉斐尔（Raphael，1483—1520）与利奥十世关系密切，受托为梵蒂冈绘制了许多经典壁画。维达（Marco Girolamo Vida，1485?—1566）为意大利教士及诗人，受到利奥十世的器重。维达的拉丁文诗歌《诗艺》（*De Arte poetica*）和贺拉斯的《诗艺》（参见前文注释）都是蒲柏此诗的借鉴对象。

② 维达的出生地是意大利北部城镇克雷莫纳（Cremona），紧邻维吉尔出生的曼托瓦。维吉尔曾在《牧歌集》（*Eclogues*）第九首当中写道："曼托瓦啊！离背运的克雷莫纳太近。"

③ 以上两行指涉的史实是 1527 年，神圣罗马帝国的哗变军队洗劫罗马，不光造成了极大的文化破坏，还使罗马丧失了文艺复兴中心的地位。

④ "天生顺从"是讽刺法国民众奴事专制法王路易十四（Louis XIV，1638—1715）。

⑤ 鲍娄（参见前文注释）的诗风深受贺拉斯影响。蒲柏写作此诗时借鉴了鲍娄的《诗艺》，鲍娄的《诗艺》本身又是对贺拉斯同题诗作的模仿。

但我们勇毅英人，看不起外国律法，
依然不俯首称臣，依然不文明开化，
坚守才智的自由，气腾腾胆大包天，
依然反抗罗马人，如以往一般猛悍。[①]
但我国终归拥有，三五位贤哲之士，
不太过闭目塞听，更能够明辨事理，
其中一些不畏非难，倡导平允古道，
使才智的根本律法，又在此土生效。
于是有一位诗人，以其准则与诗艺，
阐明“天赐的才赋，莫过于生花妙笔”。[②]
于是有罗斯康芒[③]，学识与品行并重，
慷慨恢宏的气量，媲美他高贵血统；
他谙悉希腊罗马，每一位诗中圣哲，
能赏鉴众家之长，独不知自身才德。

---

① 这一行指涉的史实是罗马帝国于公元 1 世纪征服不列颠，统治至公元 5 世纪。

② 据蒲柏原注所说，这句引文出自第一世白金汉及诺曼比公爵（John Sheffield，1st Duke of Buckingham and Normanby，1648—1721）的诗作《论诗》（*An Essay on Poetry*，1682）。这位公爵是蒲柏的友人。

③ 罗斯康芒即第四世罗斯康芒勋爵（Wentworth Dillon，4th Earl of Roscommon，1637—1685），爱尔兰贵族及诗人，曾翻译贺拉斯的《诗艺》（1680），著有《论译诗》（*An Essay on Translated Verse*，1684）。

还有已故沃什[①]，缪斯的判官和友朋，
恰如其分地掌握，褒扬贬抑的准绳；
揭短处温和婉转，赞长处热情洋溢，
拥有最清晰的头脑，最诚挚的心地。
殒谢的英魂啊！请收下这庸劣赞词，
且容感恩的诗人，借此篇聊表谢意：
你曾教导他的稚嫩嗓音，如何歌唱，
规定它飞翔高度，修剪它柔弱翅膀，
如今它失去导师，再无意直上云霄，
只尝试短途飞行，只搬弄鄙陋曲调；[②]
但求能使无知者，从中见自身缺点，
同时又使博学者，重审视已有知见；
不在意非难诘责，不热衷虚誉浮名，
永不吝称扬赞美，亦不惮斥责讥评；
既戒绝谄媚谀辞，又戒绝谩骂恶言，
虽难免差错疵谬，却决不护短不悛。

---

① 沃什（William Walsh，1662—1708）为英格兰政客、诗人及批评家，蒲柏的友人。蒲柏写成此诗之时，沃什刚去世不久。

② 蒲柏以上六行的说法虽有夸张之处，但蒲柏确曾多次向沃什讨教诗艺。据蒲柏的友人、英国历史学家约瑟夫·斯彭斯（Joseph Spence，1699—1768）《书人轶事》（*Anecdotes, Observations, and Characters, of Books and Men*）所载，蒲柏曾回忆说：“他（沃什）经常给予我很大的鼓励，总是对我说，诗坛还剩下一条超越前人的道路：因为我国虽然出了几位大诗人，却从来没出过堪称工稳（‘工稳’的原文是‘correct’）的大诗人。他希望我以此为目标，朝这个方向努力。”

云鬟劫

敬呈阿拉贝拉·菲默夫人[①]

夫人：

敝人既将此篇敬献芳驾，足证私心敝帚自珍，此一节不容否认。然则芳驾垂鉴，敝人写作此篇，初衷不过娱乐三五妙龄淑女，彼等佳人聪慧温婉，故能笑看同性之无心小过，甚或自嘲自哂。讵料此篇辗转授受，仿佛异闻秘史，以致迅速流布坊间。之前已有疵谬版本落入书贩之手[②]，所幸芳驾特加恩礼，慨允敝人另刊善本：敝人此举实属无奈，皆因该版面世之时，敝

---

① 讽刺史诗《云鬟劫》（*The Rape of the Lock*）首次出版于1712年，当时仅有两章。为数五章的增订版于1714年面世，再经增订的最终版则于1717年梓行。蒲柏之所以写作此诗，缘起是英格兰两个富贵家庭之间的一场小小冲突。1711年，英格兰贵族彼得男爵（Robert Petre，7th Baron Petre，1689—1713）对他的远房亲戚及追求对象阿拉贝拉·菲默（Arabella Fermor，1696—1737）开了个过火的玩笑，在公共场合强行剪去她一蓬发卷。据蒲柏所说，此事使得原本关系融洽的两家人（两家都信奉天主教）伤了和气，彼得家的亲戚，蒲柏的朋友约翰·卡瑞尔（John Caryll，1667—1736）便恳请蒲柏"写一首拿此事打趣的诗歌，好让两家人在欢笑中和解"。此诗初版面世之后，两家人并未和解，诗中一些描写还引起了菲默的不满。于是蒲柏决定把此诗献给菲默，以为补救之方，这篇献辞（最初出现在1714年增订版当中）由此而来。此处的"夫人"（Mrs，Mistress的略写）只是敬称，与结婚与否无关。

② "疵谬版本"指1712年刊行的《云鬟劫》初版，但这个初版当然也经过蒲柏的首肯，并不是书贩擅自刊行的伪本。

人仅将半数构想形于笔墨，完篇必有之神机妙用[①]尽付阙如，诗稿未为全璧。

夫人当知，“神机妙用”为批评家所造术语，作者若在诗中调遣神灵、天使或精怪助阵，此等章节即以“神机妙用”为名：个中缘由，盖缘古代诗家有一特质，与众多现代女士相类，亦即无论诗中情节如何琐细，彼等仍不吝极力铺陈，使之俨如头等大事。敝人决意借重之神机妙用，所本乃十足新奇之精灵奥义，系玫瑰十字会[②]所倡。

向女士搬用生僻字词，敝人自知讨嫌之甚；但诗家无不心急如焚，亟盼读者理解作品意蕴，尤望女性读者识其苦心，以故万望芳驾优容，待敝人将二三艰涩术语，略加解释。

玫瑰十字会众与此诗干连甚大，务请芳驾允准敝人绍介。据敝人所知，记述此辈之绝妙文字，莫过于法文书籍《卡巴拉

---

① 神机妙用（Machinery）为文艺批评术语，指史诗中推动情节发展的超自然力量（比如神灵）。法国批评家勒博需（René Le Bossu，1631—1680）是率先使用这一术语的批评家之一。他的《论史诗》（*Traité du poème épique*，1675）得到了鲍娄的高度赞扬。

② 玫瑰十字会（Rosicrucian Order）是17世纪兴起于欧洲的一个神秘教团，以玫瑰十字为标记。玫瑰十字会宣扬万物有灵、天人感应之类的“秘契”教义，影响绵延至今。该教团有可能并无实体，仅仅存在于文字记载之中。

伯爵》[①]。此书之书名体量酷肖小说，以致众多女性误判其性质，展卷方知事与愿违。据此辈所言，四大元素皆有精灵寄居，各以“气精”“地精”“水精”“火精”为名。[②]地精以挑刺使坏为乐，凌空蹈虚之气精则彬彬有礼，胜于凡人所能想象之一切生灵。此辈声称，任何凡人只需满足单一条件，即可获此类温文精灵接纳，得享其至为亲密之友爱。所谓条件，无非坚守不容侵犯之贞洁，真信徒皆能轻易满足。[③]

以下诗章所有段落，无不出于虚构，一如开篇之梦境，亦如结尾之形变（例外仅有芳驾云鬟所罹劫难，敝人述及此事之时，下笔始终敬慎有加）。诗中凡间人物，空幻一如天界精灵；至如贝琳达一角，自现前版本言之亦与芳驾全无类同，唯美貌与芳驾相仿。

即令此诗一如芳驾之兰质蕙心，兼具百千雅韵，敝人仍

---

① 《卡巴拉伯爵》即《卡巴拉伯爵，或秘学对话录》（*Le comte de Gabalis, ou entretiens sur les sciences secrètes*），是法国修院院长及作家迪维勒斯（Henri de Montfaucon de Villars，1635/1638—1673）的讽刺作品，旨在揶揄玫瑰十字教义之类的异端邪说。该书主角是信奉此类异教的“卡巴拉伯爵”，在书中向作者介绍了关于世界万物的种种“奥义”，包括各种“元素精灵”（参见下文及注释）的特质。

② 公元前5世纪的古希腊哲学家恩培多克勒（Empedocles）提出，世界由土（地）、火、水、气（风）四大元素构成。这一学说经过后人的不断发展，对西方文化产生了巨大的影响。对应四大元素的元素精灵（elementals）之说则由瑞士医生及炼金术士帕拉塞尔苏斯（Paracelsus，1493—1541）首倡。

③ 据《卡巴拉伯爵》所载，元素精灵必须与人类结合才能永生不灭，所以崇信元素精灵的人拒绝婚配，以便与元素精灵结合。

不敢奢望此诗安然度世，不受诘责非难，及于芳驾之万一。然则此诗时运，尽可任由上苍安排；无论如何，敝人时运可称上佳，竟至使敝人得此良机，有幸以至为真挚之礼敬，向芳驾凿凿言明，敝人确为

夫人座下，

至为恭顺、至为谦卑之仆役，

亚·蒲柏

题记

贝琳达，我不忍辣手损伤你的云鬓，
但我欣然遵你吩咐，向你献上礼赞。

马　榭[1]

---

① 题记出自古罗马警句诗人马榭（Martial，41?—104?）《警句集》（*Epigram*）第一二卷第八四首，但马榭原诗的诉说对象并不是“Belinda”（贝琳达），而是一个名为“Polytime”的少年。题记暗示此诗为应“贝琳达”（影射阿拉贝拉·菲默）之请而作，实则并非如此，参见前文注释。

第一章

我咏唱，情爱可引发何等危殆冒犯，
琐碎细故又可，催生何等惊天争战；[①]
缪斯啊！此诗章应归功卡瑞尔之助；
此诗章即令贝琳达，亦可屈尊展读：
拙作题目虽小，作者荣耀绝非如此，
假使得到她的启迪，以及他的鼓励。[②]

女神啊！请赐告，何种离奇妄念驱使，
一位名门贵胄，袭扰一位贤淑佳丽？[③]
何种迄今不为人知、更离奇的因由，

① 蒲柏开篇点明，这首讽刺史诗的主题是“情爱”和“争战”，与西方古代史诗一致。蒲柏以史诗笔法叙写性质规模皆与古代史诗迥然相异的“情爱”和“争战”，借风格与题材的对比凸显诗中的讽刺意味。

② 以上两行是仿拟维吉尔《农事诗》（*Georgics*）第四卷开篇部分的诗句（译文以德莱顿《农事诗》英译本为依据）：“拙作题目虽小，作者荣耀绝非如此，/若上苍予我助力，阿波罗听我祷祈。”末行的“她”指缪斯女神（亦可兼指贝琳达），“他”指建议蒲柏写作此诗的卡瑞尔。

③ “名门贵胄”即此诗后文的“男爵”，影射彼得男爵；“贤淑佳丽”指贝琳达。“佳丽”原文为“Belle”，泛指美貌女子，同时又是“Belinda”（贝琳达）的昵称。

催促一位贤淑佳丽，拒绝一位贵胄？
难道说渺小凡人[①]，能如此僭妄无度？
难道说温柔心怀，能容纳如此盛怒？

太阳将怯怯光线，投射进洁白床幔，
撩开一双，令白昼黯然失色的星眼；
此时叭儿狗将要起床，正在打激灵，
睡不着的爱侣，才十二点便已清醒；
唤人铃摇过三回，睡鞋也敲过地板，[②]
揌下表柄的问表[③]，脆生生报出时间。
贝琳达的螓首，依然与羽绒枕相依，
守护她的气精，延长她甜美的休憩：
之前正是他作法，驱遣晨间的梦境，
来到她静寂寝床，盘旋在她的头顶。[④]

---

① “渺小凡人”原文为“little men”，捎带指涉“贵胄”（彼得男爵）身材矮小的事实。

② 这一行是说贝琳达摇响唤人铃召唤仆役，不见应答便改用当时贵族女子召唤仆役的另一种方法，亦即用睡鞋敲击地板。

③ “揌下表柄的问表”原文为“the pressed watch”，指的是当时刚刚问世的奢侈品问表（repeater watch）。揌下按钮（通常在表柄位置）或拨动机簧之后，这种表可以通过响声报时乃至报刻，使主人能在黑暗中知晓时间。

④ 关于梦境的描写是戏仿西方古代史诗常有的一个情节，亦即神明托梦晓谕凡人。

一位翩翩青年，光彩胜过贺寿公子[①]
（她虽是梦中看见，也不由面红耳赤），
仿佛将他迷人双唇，贴到她的耳边，
柔声细语对她开言，或说仿佛开言：

“凡间的至美者啊，你正是万千无数，
“空中的光亮居民，悉心呵护的明珠！
“保姆和神父曾经，告诉你种种异闻：
“比如月亮的光影，映现的缥缈仙人，
“比如奖勤的银币，以及草地的圆圈，[②]
“又如降临的天使，携带黄金的冠冕，
“以及天庭的花环，将童贞女子寻访；[③]
“假使有某个故事，触动你稚嫩心房，
“你千万要听要信！要了悟自身异禀[④]，

---

① “贺寿公子”即打扮齐整参加宫廷寿诞庆典的贵族青年。

② “缥缈仙人”是指精灵会顺着月光下到地面，并且喜欢在月下跳舞。“奖勤的银币”是指少女若是把家里收拾得干净整齐，仙女就会趁夜把银币放进少女的鞋子。“草地的圆圈”是指倒伏的草丛有时会使草地上出现环形图案，人们把它解释为仙灵跳舞的结果。这些都是西方的民间传说，也就是保姆讲述的异闻。

③ 以上两行指涉《圣经》中的“圣母领报”（Annunciation）故事，亦即天使加百列造访童贞圣母玛利亚，预告她即将诞下耶稣。这应该是神父讲述的异闻。

④ “要了悟自身异禀”原文为“thy own importance know”，是一句离经叛道的戏仿，其实质意义与《新约·路加福音》中的“thou that art highly favoured”（你蒙受上帝殊恩）十分接近。《路加福音》这一句是加百列向圣母致意的话。

贝琳达的梦

此诗所有插图，皆为英国著名画家奥伯利·比亚兹莱（Aubrey Beardsley，1872—1898）所绘。

"切莫让凡尘俗物，诱使你自缚心灵。
"有一些隐秘真理，再博学也难知悉，
"唯有少女和孩子，才有缘受其启示；①
"纵令多疑智者斥为无稽，又有何干？
"美好纯真之人仍愿相信，直到永远。
"所以你须知晓，无数精灵绕你飞舞，
"全都是天界下层，轻装的业余士卒；
"虽然说无法看见，却永远凌空翱翔，
"飞旋在圆环马道，盘桓在剧场包厢；②
"你想想自己拥有，这许多飞行随侍，
"自然会看不起，两名听差一顶轿子。
"我们族属的当初，无异于你的现时，
"灵魂也一度寄居，女性的美好形体；
"后来才经历一番，轻柔和缓的演变，
"离弃尘世的躯壳，搬进空气的家园。
"你可不要以为，女性一旦水流花谢，
"所有的虚荣心理，便随她一同死灭；

① 以上两行可参看《新约·马太福音》记载的耶稣之言："父啊，天地之主啊，我感谢你，因你向通人智士隐藏这些道理，只向孩童开示。"

② 圆环马道（the ring）指伦敦名胜海德公园（Hyde Park）里的一圈环形马道，当时的上流人物喜欢在这里驾车兜风。按照一位同时代法国作家的记述，圆环马道上"经常能数出五百辆马车，彼此争奇斗艳"。剧场包厢和圆环马道一样，也是绅士淑女展示财富、美貌和时装的场所。

“她依然为各色继起虚荣，心醉神迷，
“虽不能再上牌桌，照样爱俯看牌戏。
“她活着时喜欢，镀金马车和翁博牌[1]，
“死后也不放弃，对这些事物的热爱。[2]
“只因为无限荣光的女性，一旦亡故，
“灵魂便立刻投向，最合本性的元素：
“凶蛮暴躁的女子，灵魂会托身火苗，
“从此以火苗为家，以火精为名为号；
“温柔和顺的灵魂，会轻轻滑入水波，
“伴随着一众水精，将心仪元素品啜；
“假正经的老古板，下沉与地精为伍，
“永远在大地游荡，找机会使坏下蛊；
“轻飘飘的交际花，则上升化为气精，
“在空气的原野里，展双翅游嬉尽兴。

“此外你还须知晓，佳人若坚守贞操，

① 翁博牌（ombre）是一种起源于西班牙的三人牌戏，曾经风靡全欧。这种牌戏于 17 世纪传入英国，上流社会趋之若鹜，以至于英格兰议会曾试图立法禁止或为其赌注设限。翁博牌玩法详见后文及相关注释。

② 蒲柏在原注中引用了几行拉丁文诗句，出自维吉尔《埃涅阿斯纪》第六卷。按照德莱顿的《埃涅阿斯纪》英译本，这几行诗句的意思是：“他们（战争中阵亡的英雄豪杰）在生之时，对马匹战车的热爱，/ 到他们身故之后，依然是旺盛不衰。”

“绝不与凡人交好，便得到气精拥抱：
“因为精灵都不受，凡间法则的限制，
“尽可以随心所欲，选择性别和形体。[1]
“每逢有奢华舞会，或午夜假面舞筵，
“当相宜场合催发，少女的炽热企盼，
“当乐声软化立场，当舞姿燃点欲望，
“是什么守护纯洁，巩固她渐融堤防，
“帮她抵挡诡诈的朋友，风流的狂且，
“抵挡白日里的眼色，黑暗中的耳语？
“守护者是气精，上界仙灵无不知晓，
“虽说下界认定，守护者以‘名誉’为号。

“这世上有些娇娃，太过于自知明艳，
“以至于一世注定，受地精教唆使唤。
“她们高看自己前途，高抬自己身价，
“求爱者皆遭拒斥，求婚者皆遭唾骂；
“然后任由天开异想，塞满空洞脑颅，
“憧憬那封君公爵，和他们大队随扈，

① 以上两行可参看英格兰大诗人弥尔顿（John Milton，1608—1674）经典史诗《失乐园》（*Paradise Lost*，1667）第一卷当中的诗句：“……因为精灵可随心所欲，/ 选择为男为女，亦可兼具两性……”

“憧憬那嘉德星徽[1]，还有那冠冕奢华，
“巴不得一步登天，听人家低唤‘殿下’。[2]
“正是此类虚荣，一早污染女性魂灵，
“教年少的荡妇，学会如何眉目传情，
“教稚嫩的面颊，借胭脂将红晕制造，
“教幼小的心脏，为纨绔子怦怦乱跳。

“当世俗以为女性迷途，实情往往是，
“气精正在引领她们，穿越迷宫秘地；
“她们钻过一个个，眼花缭乱的火圈，
“新起的无聊兴致，不断将旧的替换。
“温婉少女若没有，乙男的舞会垫底，
“如何能不让自己，栽在甲男的宴席？
“弗雷奥的贴心话，哪个少女能抵挡，
“若没有温文达蒙，暗中捏她的手掌？[3]
“她们借来自四方，花样翻新的时髦，
“将内心的流动玩具铺子，不断改造；

① 嘉德（Garter）是英格兰等级最高的骑士勋位。星形徽章是英国一些骑士（包括嘉德骑士）的佩饰。

② 嫁给公爵的女子可获得与公爵一样的敬称，亦即“殿下”（Your Grace）。

③ 弗雷奥（Florio）和达蒙（Damon）是作者随意列举的名字，代指相互竞争的追求者。

“铺子里假发相争，剑穗与剑穗相斗，①
“情郎将情郎放逐，马车将马车撵走。②
“不明就里的凡人，说她们举止轻率，
“噢，瞎眼无知！一切都是气精的安排。

“我是气精的一员，守护你是我职责，
“我日夜为你警戒，名字叫亚利伊勒③。
“最近我细细巡查，莹澈的天空荒原，
“审视你司命星辰，呈现的清晰镜面，
“竟然看见，哎唷！可怕事变即将到来，
“等不到今天早晨的太阳，西沉入海，
“但天庭不曾兆示，性质过程和地方，
“虔敬少女啊，要听我警告小心提防！
“你这位守护精灵，只知道这点秘密，
“一切都多加小心，尤其要小心男子！”

---

① 剑穗（sword knot）是剑柄上的皮制或金属制饰带或饰链，和假发一样是当时男子的时髦饰品。

② 以上两行是戏仿荷马史诗《伊利亚特》第四卷描写两军大战的诗句（译文以蒲柏《伊利亚特》英译本为依据）：“此时盾牌撞击盾牌，头盔撞击头盔，/铠甲与铠甲为仇，矛枪与矛枪作对。”

③ 莎士比亚剧作《暴风雨》（*The Tempest*，1610/1611）当中的空气精灵也叫亚利伊勒（Ariel）。

此时她的长毛狗[1]，怪主人还不起身，
禁不住一跃上床，用舌头舔醒主人。
假如说传闻不虚，贝琳达，恰在此时，
你双眼刚一睁开，便看见情书一帙；
你即刻读完那些，伤痕魅惑与痴爱，
但却将梦中情景，全抛到九霄云外。

于是乎帘幕揭开，梳妆台巍然入目，[2]
一个个银瓶银罐，排列出神秘阵图。
身披白袍的美人[3]，首先是专心致志，
光着脑袋膜拜，美容美发各路神祇。
镜子里映现一个，有如天仙的影像，
她冲它低头致礼，又抬眼细细瞻仰；
低一级的女祭司[4]，站在她祭坛侧畔，
颤抖着开始操办，献给骄矜的圣典。

---

① “长毛狗”原文为“shock”，指一种可能是从冰岛引入英国的叭儿狗。这种狗体型很小，卷毛又长又乱，以至于遮没面部。除此而外，“shock”一词兼有“震惊”之义。

② 以下诗行叙写的梳妆过程，戏仿西方古代史诗英雄的战前准备工作（包括祭拜神灵、顶盔贯甲等），同时模拟荷马史诗《伊利亚特》第一四卷的相似情节，亦即天后赫拉（Hera）精心梳洗，以求吸引宙斯。

③ “美人”的原文“nymph”与“水精”相同，这里是指贝琳达。

④ “低一级的女祭司”是指协助贝琳达梳妆打扮的使女。

情书

不计其数的宝藏，刹那间同时开启，[1]
全世界各种供物，展露在祭司眼底；
她费心精挑细选，样样都严格甄审，
用这些光灿灿的战利品，妆扮女神。
这边的匣子喷吐，印度的璀璨宝石，
那边的盒子发散，阿拉伯所有香气。
玳瑁大象水陆兼程，齐来妆台聚集，
变身为斑纹梳篦，或者是纯白梳篦。
严阵以待的发簪，一列列精光闪闪，
此外还有粉、粉扑、《圣经》、情书、粉黛钿。[2]
令人敬畏的美，亮出它全部的武器；
美人便施放，一刻比一刻大的魅力，
修整她浅笑盈盈，催动她风姿千万，

---

① 以下几行关于化妆品及化妆用具的描写，灵感很可能得自诗人艾迪森（参见《论批评》中的相关注释）在1711年5月19日《旁观者》（*Spectator*）杂志上发表的一篇文章，文中写道："上流女士的一身装扮，往往是一百种风土的产物。手笼和扇子，从大地的不同角落聚到一处。领巾来自热带，毛皮披肩来自极地。锦缎衬裙出自秘鲁的隧洞，钻石项链出自印度的地底。"

② 装帧珠光宝气的袖珍版《圣经》是当时女性的一种时髦饰品；粉黛钿（patch，亦作beauty spot）也是当时女性的一种饰品，与我国古时的花钿相类。粉黛钿是黑色或彩色丝绸剪成的小片，用来贴在面部、颈部或胸部，可遮掩皮肤瑕疵，亦可衬托肤色白皙。此外，这一行原文是"Puffs，Powders，Patches，Bibles，Billet-doux"，极可体现蒲柏的精巧风格。这行诗的五个词形成两组头韵，音节则从一个逐渐增加到三个。

号令她面庞上所有奇迹，一齐显现；
只见她两颊霞彩，越来越纯净均匀，
只见她双眼电光，越来越摄魄勾魂。[1]
忙碌的一众气精，环绕这宝贝心肝，
一些捧住她的头，另一些整理云鬟，
一些为她卷袖，另一些给衣裙打褶，
辛劳由气精付出，夸奖由贝蒂[2]收得。

---

① 以上两行说的是两种化妆品的效果，亦即涂脸的胭脂和滴眼的颠茄药水。颠茄药水可以扩大瞳孔，所以有美容之效，但颠茄具有毒性，现在已很少用于化妆品。

② 贝蒂（Betty）即贝琳达的使女。“Betty”是当时诗文习用的使女名字，犹如我国古诗文中的“梅香”。

贝琳达梳妆

第二章

当太阳刚刚跃出，大海的紫色浩波，
升入那澄明天宇，荣光也不能赛过，
来与他争辉的劲敌，当她解缆出航，
浮泛在泰晤士河，银光粼粼的胸膛。[①]
美貌淑女华服公子，在她周围斗艳，
但所有人的目光，只为她一人流连。
佩在她洁白胸脯，那一枚闪亮十字[②]，
犹太人也愿亲吻，异教徒也肯顶礼。
朝气蓬勃的仪容，表明她活泼心智，
与她的双眼一般，锐敏又灵动不羁：
她对人常展笑颜，接物无厚薄之分；
少不了推辞拒绝，却从未开罪于人。
她明眸有似太阳，使迷痴看客眼花，

① 这是说梳洗完毕的贝琳达与其他人一起坐上游船，溯泰晤士河前往宴集地点汉普顿宫（Hampton Court Palace）。这段旅程是戏仿英雄远渡重洋的史诗情节。汉普顿宫详见后文叙述及注释。

② 在荷兰裔英国画家彼得·勒利（Peter Lely，1618—1680）所绘阿拉贝拉·菲默（贝琳达的原型）肖像的一幅仿作当中，菲默胸前确实佩着一个十字架饰品。

并且像太阳一样，无偏私普照万家。
但她举止不见倨傲，只见娴雅温婉，
足可掩过饰非，假使美人有过可掩；
即令她不幸犯下，女性常有的小过，
你只需眼望花容，便忘记一切差错。

这美人蓄有一件，毁灭男人的法宝，
那便是两蓬发卷，优雅地垂在后脑，
许多闪亮小卷，攒成两道相同波浪，
齐心合力地妆点，光润的牙白颈项。
爱情将它的奴隶，关在这两座迷宫，
纤柔的锁链缚住，刚毅强大的心胸。
正如我们用丝绳，设机关陷害羽族，
用毛发编的细线[①]，去偷袭有鳍猎物，
女性的云鬟也能，使高贵男性中计，
美牵动我们的心，只需要秀发一丝。

胆大妄为的男爵，倾慕她明艳发卷；
他看见，他动念，他垂涎这金杯桂冠。
他决意赢下此奖，便思谋如何布局，
是该凭蛮力强夺，还是靠诈术骗取；

① 尼龙钓线问世之前，西方人曾用马毛或蚕丝来制作钓线。

因为当情人终于，以劳苦换来胜利，
无人会追问手段，是诈术还是蛮力。[1]

为此他当天一早，不等福波斯[2]起身，
便求告仁慈上苍，和他敬拜的众神，
并且为主尊爱神，建一座书堆祭坛，
十二卷[3]法国情史，大部头金装耀眼。
祭坛上摆好吊袜带三条，手套半副，
以及他一众旧爱，留下的所有恩物；
他拿起缠绵情书，将燔祭火堆引燃，
吐三口相思叹息，好吹旺腾腾火焰。
接着他匍匐跪地，眼睛里精光热炽，
祈求早日赢得奖品，祈求长保不失；
神明听取他祷告，允准他一半祈求，
他的另一半心愿，随风儿化为乌有。[4]

---

① 可参看维吉尔《埃涅阿斯纪》第二卷第三九〇行："战场上谁会问，这是英勇还是狡计？"

② 福波斯（Phoebus）是太阳神阿波罗的别名。

③ 《旧约·出埃及记》等处多次提及为数十二的祭坛构件、祭献器皿或祭品。

④ 以上两行化用德莱顿《埃涅阿斯纪》英译本第一卷当中的诗句："阿波罗听取祷告，允准他一半祈求，/ 却让他另一半心愿，随风化为乌有。"《埃涅阿斯纪》里的这个祈愿者是托斯卡武士阿朗斯（Arruns），他恳请阿波罗保佑他杀死女战士卡米拉（参见《论批评》当中的相关诗句及注释），并且保佑他安全回家。阿波罗只答应了他的前一个祈求。

男爵的祈祷

回头来看河上画舫，安然滑过水面，
太阳照耀漾漾涟漪，光线轻轻抖颤；
甜美动人的乐音，向天际悠悠飘举，
柔和婉转的桨声，随流水冉冉消逝；
西来和风款款吹拂，水波轻轻起伏，
贝琳达嫣然巧笑，全世界欢欣鼓舞。
唯有气精亚利伊勒，满怀愁苦烦忧，
即将来临的祸灾，沉甸甸压在心口。
于是他即刻召唤，栖居空中的部众，
一支支透明队伍，便围绕船帆聚拢；
缥缈依稀的细语，萦绕在桅索上方，
但下方众人听来，只当是风儿吟唱。
一些气精迎着日光，展开如蝉之翼，
或乘风自在遨游，或隐没金色云气；
一个个莹澈形体，纤巧得凡人莫辨，
清透如水的身躯，半融入迷离光线。
似有似无的衣袍，在风中猎猎飘舞，
材质是薄薄露气，织就的闪闪纱縠，[1]
浸润着穹苍广宇，最为富丽的色泽，

① 根据西方的民间传说，蛛丝是蜘蛛用干了的露水制成的。英格兰诗人斯宾塞（Edmund Spenser，1552/1553—1599）曾在长诗《仙后》（*The Faerie Queene*，1590）中写道："……我们时常看见的，那种用晒干露水织成的细网……"

太阳以幻变颜料，在衣上戏笔勾勒，
缕缕光线都泼洒，崭新的瞬息斑斓，
随他们振翅鼓翼，反射出缤纷百变。
镀金桅杆之上，亚利伊勒居中为首，
环拥四周的气精，个个都矮他一头；①
他向着太阳亮开，一双紫色的翅膀，
扬起手中的天蓝色神杖，如是开讲：

“众位气精男女，请听你们首领陈词！
“仙子与仙女，精怪精灵与妖魔，注意！
“须知我空中种族，受永恒法则约束，
“各有其职司天域，各有其既定任务。
“有的嬉戏漫游，空气最纯净的天野，
“沐浴热炽日光，肤色愈益白皙皎洁。
“有的为高空中流浪彗星，校正路线，
“或是将一颗颗行星，滚过无垠云汉。
“也有的资质平凡，便借着月亮微明，
“追逐那飞掠夜空，一闪即逝的流星，
“或是在污糟的低层大气，吮云吸雾，
“或是以双翅蘸取，七彩虹霓的光谱，

① 史诗英雄往往身材格外高大，另据《旧约·撒母耳记上》所载，以色列王扫罗（Saul）“站到众民中间，身躯比众民高出一头”。

“或是赶赴冬日海洋，掀起雨横风狂，
“或是飞临农家田畴，洒下润物琼浆。
“还有的君临大地，将人类命运管领，
“监察其一举一动，指导其一言一行：
“其中的翘楚魁杰，职责是安邦定国，
“凭借神兵利器，捍卫不列颠的王座。①

“我辈的卑微职守，是照拂美貌佳人，
“荣耀虽略逊一筹，乐趣却不让半分；
“不能让脸上脂粉，被粗野阵风刮跑，
“不能让瓶里香薰，无端端挥发减少；
“要遍访春日群芳，汲取新鲜的色彩，
“要赶趁霓虹尚未化雨，早早地偷来，
“更艳的脂膏；须得为她们发浪添波，
“为她们腮红增色，使她们风姿婀娜；
“还得时常去梦里，为她们出谋划策，
“给衣衫换条花边，给裙摆加个裥褶。

“无数佳丽红粉，曾得我辈悉心护佑，
“其中最明艳的一位，今日晦气当头；

① 一些西方注家认为，以上两行暗含对当朝君主安妮女王（Anne，1665—1714，1702至1714年在位）的恭维。

“面临蛮力或狡计，引发的危殆灾祸，
“但命运不曾揭示，灾祸的性质处所。
“不知是贝琳达，将违背狄安娜律法①，
“是某只脆薄瓷瓶，将出现裂隙疵瑕；
“是她的清誉或新做绣衣，将有污点；
“是她将忘记祷告，或错过假面舞筵；
“是她将在舞池中，弄丢项链或魂魄；
“还是她的长毛狗，注定从怀中滑落。
“既如此，众精灵听令！速速各就各位：
“她手中摇摇折扇，由飔霏丽塔守卫；
“宝石耳坠的安全，交给你碧琳琅特；
“秒分嘀嗒可担承，保护问表的职责；
“透丝披洒则务必，看好她心爱发卷；②
“至于她的长毛狗，我本人亲自照管。

---

① 狄安娜（Diana）是古罗马神话中的月神及贞洁女神，相当于古希腊神话中的阿耳忒弥斯（Artemis）。“狄安娜律法”即贞操，违背意味着失身。下文中的瓷瓶破损和锦衣污损虽是远不如失身严重的小事，但这两件小事本身也可看作失身的隐喻。

② 以上几行里的气精名字皆与其职责有关。“飔霏丽塔”原文为“Zephyretta”，衍生于“Zephyr”（西风 / 和风）；“碧琳琅特”原文为“Brillante”，在法文中意为“璀璨的”；“秒分嘀嗒”原文为“Momentilla”，由“moment”（时刻）衍生而来；“透丝披洒”原文为“Crispissa”，脱胎于拉丁词汇“*crispere*”（卷曲）。

“我精选五十气精，一个个英勇绝伦，
“他们的重大使命，是捍卫她的衬裙[①]：
“大家都知道，七层护具[②]也常常卖主，
“哪怕有裙撑支持，有鲸鱼肋条加固；
“须得绕银边衬裙[③]，设一道坚牢防线，
“把住其广阔周匝，不留下丝毫破绽。

“无论是哪个精灵，若胆敢渎责失职，
“擅离其指定岗位，使美人孤立无依，
“定然会立遭严惩，以赎清此等罪行，
“或下药瓶牢狱，或受发簪穿心之刑；
“或被沉入苦涩脂膏之湖，长年偃卧，
“或被塞进引线粗针之眼，永无解脱：

---

① 蒲柏时代的衬裙（petticoat）不是内衣，还属于外穿衣物，衬裙里面另有底裙（under-petticoat）。当时的衬裙带有鲸骨做的裙撑，使裙子极度膨大。蒲柏的挚友、英国作家斯威夫特（Jonathan Swift，1667—1745）曾在1711年11月致女性友人的信中写道：“你们中有人穿鲸骨衬裙吗？我痛恨这种玩意儿：我们这边的女士，裙底足可藏下一个中等身材的情郎。”蒲柏这首诗中的衬裙，地位相当于史诗英雄的盾牌。

② 据古罗马大诗人奥维德（Ovid，前43—17 / 18）长诗《变形记》（*Metamorphoses*）第一三卷所载，特洛伊战争中的希腊联军勇士埃阿斯（参见《论批评》当中的相关诗句及注释）用的就是七层牛皮制成的盾牌。

③ 据荷马史诗《伊利亚特》第一八卷所载，希腊联军第一勇士阿喀琉斯（Achilles）用的是火神及金工之神赫淮斯托斯（Hephaestus）打制的盾牌，盾牌镶有银边。

“躯体浸透凝胶发油，无法凌空飞起，
“丝光双翼受困针眼，拍打也是枉自；
“又或是浑身涂满，专主收敛的明矾[1]，
“细弱精气被迅速抽干，如干花一般；
“又或与伊克西翁[2]同命，落入搅拌壶，
“随来回划圈的搅棒，转个七荤八素，
“被火烫烫的巧克力蒸汽，烤得冒烟，
“被下方沸腾起泡的汪洋，吓得打战！”[3]

亚利伊勒讲完，众精灵便飞下船帆；
有的将美人团团围住，一圈套一圈[4]，
也有的左弯右拐，钻进她发卷迷宫，
还有的去她耳边，绕耳坠盘旋飞动；
他们心里咚咚打鼓，静候祸事到来，
身躯瑟瑟抖颤，不知命运如何安排。

---

① 明矾有干燥抑菌的功效，可以用来止血或去除粉刺。

② 伊克西翁（Ixion）是古希腊神话中的一个国王，因觊觎天后赫拉而遭到宙斯惩罚，被绑上冥府里一个不停转动的火轮，永世承受苦刑。

③ 热巧克力是当时的时髦饮品，价格十分昂贵。制作方法是把滚开水倒入搅拌壶，加入巧克力粉及其他配料，再用从壶盖穿进壶中的搅棒用力搅拌，搅出富含泡沫的饮品。蒲柏笔下的这个搅拌壶，恐怖不逊于冥府的火海。

④ “一圈套一圈”原文为“orb in orb”，弥尔顿《失乐园》第八卷也用了同样的短语，说的是天体运行轨道。

贝琳达的游船

第三章

一座壮丽的宫殿，矗立泰晤士河边，
左近的片片草地，四时里花开不断，
宫殿毗邻汉普顿，宫名将地名因袭，
殿庭中巍峨楼宇，令河神自豪瞻礼。[①]
不列颠的政治家，常在此擘画宏图，
使异国暴君和本土佳丽，难逃劫数；
三国之主伟大安妮啊！你在此流连，
有时候进纳忠言，有时候进纳茶点。[②]

画舫中英雄美人，在这里弃舟登岸，
好享受一时半刻，宫廷气派的消遣。
他们借闲谈打发，富于教益的时光：

---

① 汉普顿宫是始建于16世纪初的古老宫殿，位于泰晤士河边，距伦敦市中心水路二十公里左右。地名“Hampton”原作“Hammton”，意为“河边定居点”。汉普顿宫是亨利八世（Henry VIII，1491—1547）至乔治二世（George II，1683—1760）时期的英王住所，今日依然是英王产业，但已开放为观光胜地。

② 汉普顿宫深得安妮女王喜爱，“三国”指的是英格兰、苏格兰和爱尔兰。茶在当时仍为奢侈饮品。如果说前一章的“捍卫不列颠的王座”暗含对安妮女王的恭维，以上两行则显然带有讥讽之意。

谁新近举办舞会，谁新近把谁造访；
这一个滔滔叙说，英国女王的威仪，
另一个细细铺陈，印度屏风[①]的魅力；
又一个深深剖析，动作眼色与神情，
每一句闲言碎语，都毁去一个清名。
话头若偶有间断，由鼻烟折扇填充，[②]
再加上欢歌巧笑和媚眼，凡此种种。

谈笑间时已过午，太阳从中天西坠，
正在将炽烈光线，斜斜地射向河水；
饥肠辘辘的法官，等不及签字宣判，
抓紧吊死倒霉蛋，方便陪审员赶饭；[③]
商贾已从交易所[④]，施施然回到家里，

① 印度屏风（或者日本屏风）是当时的时髦物事。传为英格兰教士及诗人托马斯·纽科姆（Thomas Newcomb，1682?—1765）所作的《高雅女士》（*The Woman of Taste*，1733）有句云：“绝不选任何屏风，绝不碰任何折扇，/ 除非它是舶来品，印度或日本所产。”

② 鼻烟是当时上流社会男士的新潮爱物。折扇则是女士卖弄风情的工具，往往受到时人嘲讽。诗人艾迪森曾在 1711 年 6 月 27 日的《旁观者》杂志上写道：“女士凭借折扇武装自己，一如男士凭借宝剑，折扇斩杀的对手，往往比宝剑还多。为了让女士们彻底掌握这件兵器，我创建了一所培训学院……”

③ 现代陪审团制度起源于 12 世纪中叶英王亨利二世（Henry II，1133—1189）当政时期。

④ 此处的交易所特指 1571 年开业的伦敦皇家交易所（Royal Exchange）。

漫长的梳妆苦役，也已经宣告休止。[①]
此时的贝琳达，胸中腾起成名渴望，
巴不得找两位胆大骑士，厮杀一场，
要在翁博牌桌，单枪匹马歼灭敌军，
即将完成的征服，使得她豪气干云。
于是乎三支队伍，准备好沙场用武，
每队有兵将九员，恰符合神圣之数。[②]
她刚捻开手中牌，她那些空中卫兵，
立刻从天而降，在大牌上各自坐定：
亚利伊勒先落座，占据一张斗牛士[③]，
然后是其余气精，依品级逐次入席，
因为气精仍不忘，前身的礼节规章，
至今为地位痴狂，跟做女人时一样。

看四位尊贵国王，尽显其十足威严，

---

① 这一行是说女士们已经打扮好准备出门，戏仿德莱顿《埃涅阿斯纪》英译本第七卷当中关于埃涅阿斯命运的预言：“你漫长的航行苦役，到那时便休止。”

② 翁博牌是三人玩的赢墩牌戏，规则略似桥牌。翁博牌只用四十张牌（没有 8、9、10），每个玩家各发九张牌，剩余的牌扣在桌面（打牌过程中有弃牌换牌的选择）。三家竞争坐庄（将牌由庄家指定或翻牌决定），庄家与其余二人对打，每一轮各出牌一张，胜者可赢一墩。庄家若要得胜，赢墩数须排名第一。诗中之所以说九张牌“恰符合神圣之数”，是因为缪斯女神共有九位。

③ 斗牛士（matadore）是翁博牌戏中最大的牌，共有三张，详见下文。

面上有花白鬓须，和一部分杈长髯；
看四位美丽王后，各手执鲜花一枝，
借此将柔媚权势，展现得淋漓尽致；
看四名忠心仆从，穿一身短打制服，
头上有四方高帽，手中有长柄战斧；[①]
看三支彩衣部伍，一队队盔明甲亮，
冲上那丝绒平野，大战将迅即开场。[②]

娴于兵法的美人，细检阅己方力量，
传号令“黑桃为将！”黑桃便应声为将。[③]

她麾下黑斗牛士[④]，第一个投入战斗，

---

① 扑克牌 J 当时的习用英文名称是“knave”（仆从），不是现今的“jack”，K 和 Q 的名称则与现今相同，分别是“king”（国王）和“queen”（王后）。从蒲柏的形容可以看出，扑克牌 J、Q、K 的图案几乎没有古今之别。

② 牌桌往往铺有绿色薄呢，这一行里的“丝绒平野”及下文中的“青葱原野”“绿茵平芜”由此而来。蒲柏对这场牌戏的描写，始终以古代史诗中的惨烈大战为范本。

③ 这一行戏仿《旧约·创世记》讲述上帝创世过程的第一个句子：“上帝说，要有光，就有了光。”贝琳达指定将牌，说明她是庄家，由下文可知，她的对手之一是男爵。

④ 在翁博牌戏当中，黑牌（黑桃梅花）大小以 KQJ765432 为序，红牌（红心方块）以 KQJA234567 为序（如果红牌为将，红 A 就成为三张斗牛士之外第四大的牌）。三张斗牛士依大小顺序分别是黑桃 A、点子最小的将牌（黑牌为将是黑 2，红牌为将是红 7）、梅花 A。

雄赳赳气昂昂，好似黑摩尔[①]的领袖。
黑桃 A 冲在头里，好一位无敌领主！
一举扫清战场，带回两名将牌俘虏。
黑桃 2 也迫使两员敌将，举手投降，
从青葱原野凯旋，大踏步趾高气扬。
梅花 A 紧随其后，时运却稍嫌不济，
只捉到敌将一员，和一名杂牌军士。
黑桃王接踵上阵，不愧为沙场老将，
掌中有宽刃利剑，鬓边有斑驳风霜，
将一条阳刚粗腿，长伸到众人眼前，
身体的其余部位，尽被他花袍遮掩。[②]
大逆不道的仆从，竟敢与主上动武，
结果是理所当然，挫辱于君王赫怒。
勇悍绝伦的珀姆，卢战中一时称雄，[③]
曾掀翻列王列后，曾扫平敌军万众，
只可惜天时不利！这次他缺少助力，

① 摩尔人（Moors）为北非穆斯林民族，肤色较深。

② 当时的黑桃 K 图案如以上三行所述。

③ “卢战”原文为“fights of Lu”，指 17 世纪传入英国的一种法国赢墩牌戏。按照卢战规则，最大的牌是梅花 J，名为“珀姆”（Pam）。在五张牌的卢战当中，如果玩家拿到珀姆加四张同花牌（不必与珀姆同花）的组合，便可直接获胜。

竟也如凡夫一般，栽在黑桃王脚底！①

贝琳达力挫两敌，开战便连连得胜，
但命运翻转战局，使男爵有机可乘。
他的好战女将，向贝琳达大军出击，
女将不是别人，正是黑桃王的御妻。
梅花暴君首当其冲，惨遭女将屠戮，
枉费他满脸高傲，满肚子蛮横自负：
他头戴王冠，粗壮肢体臃肿又气派，
裹着招摇的王袍，曳着长长的衣摆，
更是唯一的一位，手托金球的国王，②
但这些煊赫架势，究竟有什么用场？③

男爵得势不饶人，方块军连连出征；
锦衣斑斓的国王，只露出半张面影④，

---

① 以上十八行是说贝琳达用三张斗牛士赢了三墩，又用将牌黑桃 K 吃掉两个对手的黑桃 J 和梅花 J，赢下第四墩。由于翁博牌一局只有九轮，她再赢一墩即可获胜。

② 当时扑克牌四个 K 的图案都是国王，其中只有梅花 K 上的国王手托代表王权的金球。

③ 以上十行是说，贝琳达连赢四墩之后打出梅花 K（翁博牌除第一轮之外，每一轮都是上一轮赢家先出牌），但男爵没有梅花，得以用将牌黑桃 Q 吃掉她的梅花 K，赢下一墩。

④ 当时方块 K 上的国王与现今一样，脸是侧着的。

光彩照人的王后，与夫君齐心合力，
剿灭溃散的敌军，唾手便赢来胜利。
只见梅花方块红心，乱得一塌糊涂，
无数尸骸交叠混杂，堆满绿茵平芜。
正如那亚洲士卒，和非洲黑色子弟，
组成的混编部队，被打得四下逃逸，
族裔军装和肤色，固然是各种各样，
奔溃的惊惶淆乱，却可谓一般情状，
阵脚大乱的敌军，也这样土崩瓦解，
都化作累累白骨，被同一厄运毁灭。[①]

接下来方块仆从，使出他诡诈手段，
靠可耻运气帮忙，将红心王后暗算。
童贞美人的双颊，霎时间血色全无，
死灰一般的惨白，将她的俏脸罩住；
她看见厄运逼近，禁不住瑟瑟发抖，
心知她面临败绩，已身处生死关头。[②]
此时局面就好比，朝纲紊乱的国邦，

① 以上十二行是说男爵接连打出方块K和方块Q，吃掉四张杂色小牌，再赢两墩。

② 以上六行是说男爵打出方块J，吃掉了贝琳达的红心Q。男爵至此连赢四墩，与贝琳达打成平手，双方胜负取决于最后一轮。

万事万物的命运，全仰赖好牌一张。①
红心A挺身杀到，浑不知美人手里，
埋伏着红心国王，正哀悼被俘妻室：
急不可耐的国王，冲上阵报仇雪恨，
一举扑倒红心A，威势如雷霆万钧。
欣喜若狂的美人，欢呼声响彻云霄，
墙垣树林与长川，齐报以回音袅袅。②

没脑子的凡人哪！永远看不清运势，
太容易悻悻灰心，太容易洋洋得意。
诸如此类的荣光，会突然被人攫走，
这一个胜利日子，将遭受永恒诅咒。

看哪！杯子与茶匙，业已在桌面排定，
咖啡豆嘎吱作响，咖啡磨旋转不停；
锃亮的日本祭坛③，已供上银灯一盏，
烈性如火的酒精，在灯里突突吐焰；
快心惬意的甘露，从银壶嘴里飞泻，
烟雾缭绕的洪流，由中国瓷土承接；

① “好牌”原文为“nice trick”，兼“巧妙赢墩”与“高明战略”二义。

② 以上两行戏仿德莱顿《埃涅阿斯纪》英译本第一二卷描述惨烈战况的诗句：“拉丁人的痛苦呻吟，震裂穹庐云霄，/ 树林山丘和谷地，报之以回音袅袅。”

③ “日本祭坛”指漆器桌子，也是当时的时髦物事。

众人的嗅觉味觉，转眼间同享极乐，
杯空又频频续盏，延长这飨宴时刻。
美人的空中卫队，围绕她飞舞回翔；
有的扇风吹凉，她啜饮的生烟琼浆，
有的飞上她膝头，展开呵护的纱翅，
颤巍巍小心翼翼，唯恐她绣衣染渍。
咖啡有神奇效验，可增益政客聪明，
使他们半闭双眼，将万事万物看清；①
此时也借由蒸汽，向男爵传送计策，
教男爵另辟蹊径，将闪亮发卷夺得。
莽撞公子啊，罢手！得饶人时且饶人，
要畏惧公道神明，要思量希拉厄运！
她被神变作禽鸟，永远在空中奔逃，
为损伤尼苏斯发绺，遭受可怕业报！②

---

① 当时的伦敦已经有许多咖啡馆，全都是政治流言和新闻八卦的集散中心。咖啡馆里的高谈阔论，常常成为当时文人的嘲讽对象。

② 据奥维德《变形记》第八卷所载，希拉（Scylla）是古希腊城邦墨迦拉（Megara）国王尼苏斯（Nisus）的女儿。尼苏斯头上有一绺神奇的紫色头发，可使他和他的城邦不受外敌伤害。希拉爱上率军入侵的克里特（Crete）国王米诺斯（Minos），不惜剪掉父亲的紫色发绺，拿去送给米诺斯。米诺斯厌恶希拉不孝，当场拒绝了她。希拉最后变成一种名为“希瑞丝”（Ciris，意为“剪头发”）的海鸟，永远被父亲变成的海鹰追逐。维吉尔也曾以长诗《希瑞丝》（*Ciris*）讲述这个神话。

但凡人一旦兴起，存心搬演恶作剧，
总能以何等神速，寻找到为虐工具！
恰在此时，克拉丽莎端起迷人姿势，
从她的闪闪妆匣，取出件双刃兵器：[1]
浪漫史里的贵妇，在比武开始之前，
便如此递上矛枪，为她的骑士助战。
男爵恭谨地接过，克拉丽莎的嘉礼，
指尖捏住小小利器，长长伸出手臂，
趁贝琳达低头细品，热腾腾的芳馨，
将利器凑到她脑后，撑开它的双刃。
一千个精灵，迅速飞到她发卷侧畔，
一千对翅膀，轮番把她云鬟往回扇；
众精灵三次轻扯，她鬓边钻石耳坠，
她敌手三次逼近，她三次回顾解围。[2]
刚巧在这一刻，亚利伊勒心急如火，

① 由下文可知，这件“兵器”是女人化妆用的小剪子，确实带有“双刃”。与此同时，“双刃”暗含“伤人害己”的意味，还可使人联想到《新约·希伯来书》的语句：“神的道……比一切双刃剑更为锋利，甚至能刺穿剖开魂与灵、骨节与骨髓……”

② 上文中的“一千”是史诗中常用的数字。此外，维吉尔史诗中常有“三次……三次……”的句式，例如德莱顿《埃涅阿斯纪》英译本第六卷当中的诗句：“他三次张开双臂，搂住父亲的颈项，/ 倏忽游移的幽魂，却三次滑出怀抱。”维吉尔这两行说的是埃涅阿斯在冥府见到父亲的幽魂，徒劳地尝试拥抱已没有形体的父亲。

想探查童贞美人，心底的隐秘角落；
他斜倚着美人胸前，那束小小花枝，
看形形色色的念头，从她心中涌起，
蓦然发现她心间，藏着个凡俗爱郎，
任凭她百般掩饰，这情愫终露行藏。
他不禁惊骇惶惑，痛感已无力回天，
立时便叹息告退，任命运自编自演。[1]

于是乎男爵撑开，明晃晃双刃铰剪[2]，
紧夹住美人发卷，要将它一剪两断。
即便在这决胜利器[3]，行将合拢之际，
仍有个愚忠气精，横身于两刃间隙；
铰剪受命运支使，将气精切为两段
（所幸他空气为体，转眼便接续复原[4]），
两刃相击之处，圣洁发卷应声落下，
与美人的螓首永远分家，永远分家！

---

① 如前文所说，“佳人若坚守贞操，/ 绝不与凡人交好，便得到气精拥抱。”贝琳达既然爱上凡人，便不再受到气精的保护。

② “铰剪”原文为拉丁词汇“*forfex*”（剪刀）。

③ “决胜利器”原文为“fatal engine”，德莱顿《埃涅阿斯纪》英译本第二卷也有同样的短语，说的是希腊联军借以攻破特洛伊城的巨型木马。

④ 据蒲柏原注所说，弥尔顿《失乐园》第六卷也有类似情节：魔王撒旦被天使长米迦勒的利剑砍伤，伤口立刻愈合复原。

云鬟劫

美人双眼霎时闪出，活生生的雷电，
她惊骇连声叫喊，撕裂那战栗诸天。
哪怕是夫君断气，叭儿狗一命归西，
哪怕是精美瓷瓶，从高处咣当坠地，
摔成堆五彩碎片，放射出刺眼光芒，
也不闻更响尖叫，投向那仁恻上苍！

男爵高喊："快快给我戴上胜利花冠，
"这一件辉煌奖品，已被我一举收揽！
"只要鸟还爱天上飞，鱼还爱水里潜，
"不列颠的佳丽，还爱坐六驾的车辇，
"只要亚特兰蒂斯[①]，还能够赢得读者，
"只要淑女的寝床，还摆着小枕[②]陈设，
"只要人们还在重要日子，出门夜访，
"让排列整齐的无数火炬，熊熊燃亮，[③]
"只要佳丽还受人款待，还约人幽会，

① "亚特兰蒂斯"指英格兰女作家曼丽（Delarivier Manley，1663?—1724）撰写的政治讽刺作品《新亚特兰蒂斯》（*The New Atalantis*，1709）。此书含沙射影地叙写了当时英国的许多丑闻，描写露骨，因而一度遭禁，曼丽还为此被捕受审。但此书最终面世，并且风靡一时。

② 这里的"小枕"是一种精美的靠垫，当时的上流女士以之为接待访客时的凭倚之物。

③ 以上两行是说当时的上流女士在重要日子出门拜访（通常是在晚间），由手持火炬的仆人陪同。

“荣耀声名和美誉，便与我长相伴随！[1]
“时光饶过的珍宝，断送在钢铁之手，
“丰碑与英雄俱往，一律向命运低头！
“既然钢铁能使众神工巧，荡然无存，
“能将特洛伊的赫赫王城，捣为齑粉；[2]
“既然钢铁能毁灭，凡人的自豪创制，
“能将铭刻军功的凯旋门，夷为平地，
“美丽的佳人啊，你的云鬟若然不耐，
“钢铁那所向披靡的伟力，又何足怪？”[3]

---

① 以上两行戏仿德莱顿《埃涅阿斯纪》英译本第一卷当中的诗句：“只要树木还在群山之巅，投下荫凉，/你的荣耀声名和美誉，便永不消亡。”这两行是埃涅阿斯称颂迦太基城主狄多女王（Dido）的话。

② 以上两行典出荷马史诗《伊利亚特》。据该书第二一卷所说，在特洛伊战争中灰飞烟灭的特洛伊城，城墙是太阳神阿波罗和海神波塞冬（Poseidon）合力建造的。

③ 古罗马诗人卡图卢斯（Catullus，前 84?—前 54?）诗集第六六首是拟人化发卷的独白。被剪下的发卷在诗中对女主人哀诉，说自己是被迫与女主人分离。其中写道：“谁人敢说，自己比钢铁强大？”然后列举了一个波斯人开凿运河夷平山峰的例子，继而写道：“这些都毁于钢铁，发卷又怎能招架？”

第四章

但贝琳达又气又急，满腹愁怀郁结，
暗涌的腾腾怒火，藏心中不得宣泄。
即便是英年君主，战场上被人生俘，
即便是孤傲处女，蹉跎到魅力全无，
即便是情热爱侣，被剥夺一切欢娱，
即便是暮年贵妇，求亲吻遭人坚拒，
即便是不悛暴君，恶狠狠面对死神，
即便是辛西娅，失手弄歪斗篷别针，①
心中的愤恚懊恨与绝望，依然不及，
云鬓遭劫的你啊，断肠的童贞佳丽！

因为在哀伤此刻，一众气精已告退，
亚利伊勒也离开贝琳达，挥泪远飞，

① 辛西娅（Cynthia）是古希腊神话中月神阿耳忒弥斯（参见前文注释）的别名。阿耳忒弥斯兼为狩猎女神，奔走林间时须用别针别好斗篷，免得它碍手碍脚。这一段用种种庄谐轻重各不相同的比拟来形容贝琳达的愤怒，凸显讽刺意味。

但暗不离尔[①]，玷污光明世界的地精，
无比黢黑阴沉，赛过任何同类妖灵，
却趁机深入地心，踏进他故土乐园，
要在司脾灵的幽幽洞窟，探寻一番。[②]

这地精展开煤烟色双翅，疾速飞动，
转眼便抵达，戾汽缭绕的惨淡穹窿。
这是片阴郁之地，从不见惠风和畅，
只有那可怕东风[③]，直吹到地老天荒，
其中有洞窟一处，遮掩得不透空气，
还笼着幢幢暗影，将可憎天光屏蔽，
洞主永远倚在凄凉御榻，永远哀叹，

① “暗不离尔”原文为“Umbriel”，源自拉丁词汇“*umbra*”（影子）。1851年发现的天王星卫星天卫二，英文名字“Umbriel”就来自蒲柏创造的这个角色。

② “司脾灵”是蒲柏虚构的女神名字，原文作“spleen”，兼有“脾脏”“抑郁”“抑郁症”等义。古希腊医家认为脾脏是贮存黑胆汁的器官，过多的黑胆汁使人抑郁，英文词汇“melancholy”（抑郁）即源自希腊文词汇“*melaina kholé*”（黑胆汁）。当时所说的抑郁症又名“戾汽”（Vapours，参见下文），涵盖疑病症及歇斯底里等多种精神病态，是英格兰上流社会最多见的两种“时髦疾病”之一（另一种是肺结核）。这一章关于地精探寻司脾灵洞窟的描写，戏仿的是古代史诗中英雄探访冥府的情节。

③ 英国的东风通常凛冽凄冷。当时的人们认为，东风和潮湿气候（这种气候会带来“戾汽”）都是引发抑郁症的因素。时代稍晚的英格兰诗人威廉·考珀（William Cowper，1731—1800）曾在长诗《任务》（*The Task*，1785）当中写道：“……伤身的东风，/ 吹送抑郁……”

身侧有疼痛伺候，头顶有风症盘旋。[1]

御榻旁两名侍女，论地位不相伯仲，
两人的身姿面貌，却可谓截然不同。
这边厢站着乖戾，一副老姑娘模样，
满脸的沟回皱褶，穿一身黑白衣裳；
手中塞满祈祷文，早中晚皆可诵念，
心里也满满当当，装的是伤人恶言。

那边厢躺着做作，一脸的恹恹病容，
两颊用脂粉染成，十八岁玫瑰晕红，
学成了歪头架势，练就了咬舌声腔，[2]
晕厥时风情千种，憔悴得仪态万方，
装一副迷人颦蹙，娇无力静卧绣被，
裹一袭家居袍服，为养病也为炫美。[3]
美貌佳人总难免，受此类症候折磨，

---

① 这一行的“身侧”指身体左侧，亦即脾脏所在的位置。“风症”原文为“Megrim”，兼有“沮丧”及“偏头风/偏头痛”之义。“疼痛”和“风症”可以理解为女神司脾灵身边的两名侍女，也可以理解为女神身上的两种疾病。

② 当时的上流女性以娇滴滴的病态为美，歪头姿势和故意咬舌的含混语音都是这种时尚的衍生物。

③ “家居袍服”原文为“gown”，在这里是“night-gown”的省写。当时的“night-gown”并非睡衣，指的是一种用于家居及非正式场合的宽松袍服。这种衣服本来不适合女士见客时穿用，但女士既然正在“养病”，破例也理所应当。

每一件新的长袍，都带来新的病魔。[①]

经年不散的戾汽，在洞府上方飘移，
稀奇古怪的幻象，随迷雾一同升起；
有的阴森，像闹鬼林地的隐士梦境，
有的鲜明，像临终少女的眼前蜃景。
忽而是怒目恶魔，盘曲扭动的长蛇，
惨白幽灵，张口墓穴，紫莹莹的火舌；
忽而是流金湖泊，美如伊利耶之原[②]，
水晶穹顶之上，神机天使飞舞翩翩。[③]

不计其数的物事，出现在四面八方，
都是司脾灵女神，变出的奇形怪状。
站立的茶壶有了生命，壶柄和壶嘴，

---

① 诗人艾迪森曾在1711年4月21日的《旁观者》杂志上写到一位卧床见客的女士："这位女士，虽然想让我们认为她已经卸妆准备就寝，但还是为接见我们化好了妆，拿出了她最美丽的形象。她的头发呈现出一种十分精致的凌乱，披在两肩的长袍也打着精心安排的皱褶。"

② 伊利耶之原（Elysium）是古希腊神话中有福之人死后安居的乐土，气候宜人、四季如春。

③ 这一节讲的是"戾汽"（抑郁症）使受害者产生的种种幻觉。最后四行当中，前两行是"隐士梦境"，后两行是"临终少女的眼前蜃景"。与此同时，这些幻象也是当时戏剧舞台上常有的特效施设，"神机天使"既指涉献辞中提及的"神机妙用"（参见相关注释），又指涉舞台上靠机械吊在半空的天使角色。

化作两只手臂，一只长伸一只弯垂；
小瓦釜迈步走路，像荷马的三足鼎；[1]
水罐子开口叹气，鹅肉饼启齿陈情；[2]
受强力幻觉驱使，男子也受孕怀胎，[3]
姑娘则变成瓶子，高声地讨要瓶塞。

暗不离尔手中紧握，灵验脾草[4]一枝，
安然无恙地穿越，光怪陆离的戾汽。
随即向洞主开言："任性女王啊，万岁！
"十五到五十的女子，通通受你支配：
"她们的文才戾汽，无不是你的赏赉，
"神经或诗兴发作，也都是你的安排；
"你因应各人脾性，将角色分配巧妙，

① 荷马史诗《伊利亚特》第一八卷写到了火神及金工之神赫淮斯托斯打制的三足鼎，这些三足鼎装有轮子，能自动前往众神的宴席，然后自动回返。

② 据蒲柏原注所说，鹅肉饼"指涉一个真实的事例：有一位尊贵的女士，感觉自己变成了一个鹅肉饼"。

③ 据西方注家所说，英格兰教士及学者爱德华·佩灵（Edward Pelling，1640—1718）曾因用功过度而罹患抑郁症，幻想自己有孕在身。

④ "脾草"原文为"spleenwort"，是铁角蕨科铁角蕨属（*Asplenium*）植物的俗名。西方古人也有"以形补形"的观念，看见铁角蕨叶子背面的芽苞囊群形似脾脏，便认为这类植物对脾脏有益，以致这类植物的俗名和学名都与"spleen"（脾脏）有关。此外，据维吉尔《埃涅阿斯纪》第六卷所载，埃涅阿斯进入冥府之时，手里也拿了一根护身的"金枝"。

“有的去作文写剧，有的去求医问药；
“你使得高傲女子，迟迟不探访他人，[1]
“又使得虔诚女子，生气便祷告求神。
“但世上有位佳丽[2]，藐视你一切伟力，
“还带坏千百旁人，使他们欢天喜地。
“噢！念我曾为你效劳，破坏淑女懿范，
“或是使痘疮一粒，出现在姣好容颜，
“或是仿效香橼酒[3]，使主妇双颊发烧，
“或是使花容失色，为输掉牌局着恼；
“念我曾将乌有之角，安在男子头顶，
“或是使衬裙起皱，或是使床单不整，[4]
“或使人无端猜疑，他人要冒犯自己，
“或捉弄古板姑娘，扯乱她们的头饰，
“又或使便秘叭儿狗，长年患病遭殃，

---

① “迟迟不探访他人”是一种严重的失礼行为。当时的伦敦杂志《闲话客》（*Tatler*）曾于1710年12月12日刊出一篇调侃文字，讲述一个虚构的“名誉法庭”审理几起礼节争讼的过程，其中一起的案由就是“迟迟不探访他人”。

② 由下文可知，这位佳丽是天性开朗的贝琳达。

③ 香橼酒（citron-water）是当时上流女士的时尚饮品，配料是白兰地和香橼皮（或柠檬皮）。斯威夫特曾在诗歌《现代女士日记》（*The Journal of A Modern Lady*，1728）当中写到一位女士，为“清凉她发热的头脑”而喝了一大杯香橼酒（效果想必适得其反），然后问使女：“我今天看起来吓不吓人？”

④ 西方人说的“头上长角”等同于中国人说的“戴绿帽”。以上两行是说暗不离尔设法陷害已婚女子，使她们遭受丈夫的无端猜疑。

“泪水无法治疗，无论泪眼何等明亮：
“请应我祈请，向贝琳达施放坏脾气，
“一举使半数世人，染上这抑郁之疾。”[1]

听完地精的请求，司脾灵神色不欢，
看架势像要拒绝，到头来还是照办。[2]
她亲手绑扎妥当，一只神奇的袋子，
形制与尤利西斯的风袋，大体相似；[3]
袋子里盛满，女性肺叶的全部力量，
有叹息啜泣和怒气，以及舌剑唇枪。
她又用小瓶装上，使人晕厥的惊恐，
再加潸潸泪水，浅浅忧愁，深深悲痛。
暗不离尔大喜过望，背起礼物告辞，
展开他黝黑双翅，慢慢地升入人世。

---

① 意思是贝琳达一旦欢颜不再，全世界男人（“半数世人”）便无法开怀。

② 司脾灵女神这种勉为其难的做派，也是抑郁乖戾者的典型特征。

③ 尤利西斯（Ulysses）即史诗英雄俄底修斯（Odysseus）。据荷马史诗《奥德赛》（*Odyssey*）第一〇卷所载，俄底修斯航海返乡途中经过风神埃俄罗斯（Aeolus）所在的岛屿，风神送给他一只装满各种风的皮口袋，以此保证他航程顺利。

司牌灵的洞窟

他发现贝琳达，倒在塔利斯垂[1]怀里，
一双眼哀伤沮丧，秀发也披散不饬，
便正对她俩头顶，将鼓胀袋子撕破，
所有的仇怨愤恚，立刻从裂缝泻落。
贝琳达心中腾起，凡间未有的怒焰，
凶悍的塔利斯垂，也从旁扇风助燃。
“噢，我可怜的姑娘！”她摊开双手叫嚷
（汉普顿宫以回声附和，“可怜的姑娘！”），
“难道是为这个，你才不分一年四季，
“殚精竭虑备办发簪，备办香精梳篦？
“为这个你才把秀发，关进纸片牢狱？
“为这个你才忍受，满头的钢铁刑具？
“为这个你才勇担，双倍的铅质重载，
“甘愿让条条发带，箍紧你娇柔脑袋？[2]
“天哪！难道能任强盗展览你的云鬓，
“使大家闺秀瞠目，使花花公子称羡！
“名誉攸关！我们女性以名誉为至宝，

---

① 塔利斯垂（Thalestris）是成书于公元338年之前的希腊文古籍《亚历山大传奇》（*Alexander Romance*）提及的一位勇武女王，曾率领三百亚马孙女战士（Amazons）投效亚历山大大帝。这里的“塔利斯垂”可能影射乔治·布朗爵士（见下文注释）的妻子，也可能影射他的姊妹。

② 以上四行当中的“纸片牢狱”指卷发纸，“钢铁刑具”指卷发钳，“铅质重载”指用来固定卷发纸的细铅条。

“为它舍弃舒适、乐趣、节操，一切可抛。
“我仿佛已经看见，你眼中涟涟泪水，
“仿佛已经听闻，坊间那些可怕诋毁，
“仿佛已察知将来，你成为降格名媛，
“所有清名令誉，在窃窃私语中消散！
“那时我如何挽回，你挽不回的丑声？
“那时连与你为友，也难免同领骂名！
“难道能让这件奖品，这件无价宝物，
“被嵌进水晶戒指，暴露于睽睽众目，
“被璀璨钻石镶边，衬托得愈发显眼，
“在强盗手上生辉，光闪闪直到永远？
“断断不可，除非圆环马道芳草萋萋，
“才俊纷纷落户，鲍巷钟声所及之地；[1]
“除非大地天空海洋，重归混沌永夜，
“除非男人猴子狗儿鹦哥，通通死绝！”

---

① 海德公园的圆环马道（参见前文注释）车水马龙，不大可能长草。“鲍巷钟声”指伦敦鲍巷圣母教堂（St. Mary-le-Bow）的钟声，按照传统说法，伦敦故城（the City）的范围限于该教堂钟声所及之地。伦敦故城当时是新兴商业中心，不是上流住宅区。

说完她怒气冲冲，将簪羽爵士[1]发遣，
派这位时髦亲眷，去讨回宝贵发卷
（爵士的洋洋自得，实可谓理所应当，
又有琥珀鼻烟匣，又善舞云头手杖[2]）。
只见爵士眼色郑重，圆脸茫无所思，
先将烟匣子打开，然后打开话匣子，
冲口说道：“爵爷，咳，这唱的是哪一出？
“该死！天杀的发卷！天哪！你得讲礼数！
“遭瘟的！玩笑开太大。劳驾你，拉倒吧！
“还她发卷。”他说完，啪一声合上烟匣。[3]

男爵却如是作答：“我着实替你难过，
“你这般能言善辩，到头来依然白说。
“我凭这发卷立誓，要将这神圣发卷

① “簪羽爵士”影射阿拉贝拉·菲默的亲戚乔治·布朗爵士（Sir George Browne，?—1730），原文作“Sir Plume”。“plume”这个词汇意为“羽毛装饰”，暗示爵士“轻浮、招摇、爱赶时髦”。

② 手杖是当时男士的时髦饰品，可用于摆姿势显派头，对有些人来说“跟四肢一样不可或缺”（1709 年 12 月 6 日《闲话客》杂志的说法）。云头手杖（clouded cane）是指杖头饰有云纹琥珀的手杖。

③ “簪羽爵士”这番语无伦次、粗话连篇的说辞，使其原型乔治·布朗爵士十分恼怒。据斯彭斯《书人轶事》（参见《论批评》当中的相关注释）所载，蒲柏曾告诉斯彭斯，《云鬟劫》面世之后，“大家都没事，生气的只有乔治·布朗爵士。而且他非常生气，久久不能平复。”

“(它刚刚才被剪下，与佳人螓首离散，
“再不能与它辞别的云鬟，重新结合，
“再不能将它往日的光彩，重新获得），
“永远戴在我这只，赢来发卷的巧手，
“只要我鼻孔还在吸入，活命的气流。”①
说着他摊开发卷，趾高气扬地炫耀，
美人头上的桂冠，竞逐已久的锦标。

可恶地精暗不离尔！此时仍不满足，
又打碎神赐小瓶，任伤悲喷涌而出。
看哪！佳人即刻色变，面露美丽愁容，
半失神采的双眸，半没于泪水之中；
有气无力的螓首，耷拉在起伏胸脯，
接着她长叹一声，抬起头如是哀诉：

“愿这个可憎日子，永远地遭受诅咒，

---

① 据蒲柏原注所说，男爵的誓词是戏仿荷马史诗《伊利亚特》第一卷当中英雄阿喀琉斯的誓词。根据蒲柏的《伊利亚特》英译本，阿喀琉斯的誓词是：“如今我凭这支神圣权杖，郑重立誓，/它再也不可能抽枝长叶，开花结实，/它已与树干断开，像我与你们离散，/已将它父母之树，抛在那荒芜群山。”除此而外，德莱顿《埃涅阿斯纪》英译本第一二卷当中有拉丁国王拉丁纳斯（Latinus）的誓词：“任何力量和变故，都不能使我违誓，/……正如这支国王权杖……已经与大地母亲离别，被利斧砍下，/永远成为一个孤儿，失去所有头发，/再也不可能抽枝，再也不可能生长，/只能够包上铜箍，由拉丁列王执掌。”

“我最漂亮最爱惜的发卷，叫它夺走！
“快乐！我本该拥有，百倍千倍的快乐，
“假使我从未看见，汉普顿宫的楼阁！
“许多人为宫廷气派，惹上无数祸事，
“我倒不是第一个，打错算盘的女子。
“噢，我宁可幽居荒岛，或者偏远北方，
“一辈子默默无闻，没有人倾慕欣赏；
“那里从没有镀金马车，将道路碾压，
“那里没人学过翁博牌，品过武夷茶！[①]
“我宁可在那里遁世离群，芳华深锁，
“就好比生长沙漠的玫瑰，自开自落。
“我为何鬼迷心窍，与公子哥儿厮混？
“还不如足不出户，留在家里念祷文！
“今晨的种种兆头，已预示这场灾祸：
“我三次手抖，粉黛钿盒子三次滑脱；
“屋里根本没有风，瓷瓶却摇晃不定；
“小鹦哥一声不吭，长毛狗凶得要命！
“还有个神秘梦境，梦中有精灵现身，
“警告我厄运临头，可惜我现在才信！
“瞧我这受辱云鬟，无比凄惨的残缕！

---

① 武夷茶（bohea）泛指从中国进口的上等红茶（“bohea”一词源自“武夷”的闽南语发音），当时是备受上流人士珍视的奢侈品。

“虽幸免你的劫掠，我也要亲手拔去：
“我头发原本梳成，两个乌黑的[1]发卷，
“曾经为雪白颈项，将美景不断增添；
“如今只剩下一蓬，孤零零突兀刺目，
“它伙伴的命运，昭示它自身的前途；
“它直挺挺披散眼前，邀请索命刀剪，
“引诱你猖獗之手，再一次亵渎冒犯。
“残虐者啊！但愿你放了这毛发一马，
“只抢去暗处毛发，或其他任何毛发！”

① 阿拉贝拉·菲默的头发是浅红褐色的。据西方注家所说，黑发是当时的时尚，有些人还用石墨梳子来加深发色。

第五章

听完她的哀诉，恻然听众泪雨纷纷，
命运和朱庇特，却使男爵充耳不闻。
塔利斯垂连番数落，通通不起作用，
天仙贝琳达说不动的人，谁能说动？
当年那特洛伊人，面对安娜的祈请，
狄多的怒火，还不如男爵一半坚定。①
庄重的克拉丽莎，此时将扇子轻摆，
众人便鸦雀无声，聆听她娓娓道来：②

---

① “特洛伊人”指特洛伊王子埃涅阿斯，维吉尔史诗《埃涅阿斯纪》的主角。埃涅阿斯在特洛伊陷落后率众出逃，途经北非古城迦太基，与城主狄多女王（参见前文注释）产生感情纠葛。狄多希望埃涅阿斯留在迦太基，狄多的姊妹安娜（Anna）也帮忙求情，埃涅阿斯虽有动摇，但还是为复国大业舍弃爱情，致使狄多自杀。在德莱顿《埃涅阿斯纪》英译本第四卷当中，埃涅阿斯一再拒绝安娜的祈请，因为“命运和主神，已使他对爱充耳不闻”，本章第二行由此化出。

② 克拉丽莎这番话是1717年增补的。据蒲柏原注所说，安排克拉丽莎发言是为了凸显此诗的道德寓意，克拉丽莎的说辞则是戏仿荷马史诗《伊利亚特》第一二卷特洛伊盟友萨耳珀冬（Sarpedon）激励部下格罗科斯（Glaucus）的话。萨耳珀冬大致是说，人与其死于衰老疾病，倒不如血染沙场虽死犹荣。根据蒲柏的《伊利亚特》英译本，萨耳珀冬这番话的最后六行是：“然而，唉！（转下页）

“为何美人最受人尊崇，最受人追捧，
“受聪明男子倾慕，受虚荣男子奉承？
“为何美人罄尽海陆所产，精心打扮，
“被人家唤作天使，当成天使来礼赞？
“为何白手套公子，将我们马车簇拥？
“为何侧厢最后排的男士，行礼鞠躬？①
“我们所有的荣耀与辛苦，无比虚浮，
“除非有理智守护，美貌赢来的眷顾：
“如此当我们正厢落座，人们才会说，
“‘看哪，她容貌出众，品德也一样超卓！’
“噢！假如说整夜跳舞，外加整日梳洗，

（接上页）老朽无用的衰年终将来临，/疾病与死亡，都是无法逃脱的命运；/他人被迫缴还，从自然借来的生命，/我们倒不妨主动，把生命献给英名；/战死也依然勇毅，生还则美誉传扬，/且上阵博取荣光，或是给对手荣光！”除此而外，蒲柏的前辈诗人登讷姆（参见《论批评》当中的相关注释）曾在1688年发表萨耳珀冬这番话的英译，译文包括以下诗行：“我辈为何得享，海陆所产各种贡物？/……为何被人看作神明，当神明来礼赞？”

① 白手套是当时的时髦饰品。当时的观剧习俗是上流女士在正厢（front-box，正对舞台的楼厢）就座，男士在侧厢（side-box）就座。女士在正厢落座之时，侧厢的男士会向她们欠身致意。“侧厢最后排的男士”虽然不一定能被女士们看见，但还是行礼不误。

“便可以祛除天花[1]，或赶走迟暮年时，
“谁不会鄙夷，贤惠主妇的持家懿行？
“谁还会学习，任何一种有用的本领？
“贴粉黛钿抛媚眼，兴许不失为圣贤，
“涂脂抹粉也未必，算得上多大罪愆。
“然而，唉！既然脆弱的美丽终将衰残，
“既然云鬟终将斑白，无论卷与不卷，
“既然红颜终将凋零，无论化不化妆，
“既然女人鄙视男人，便做一世姑娘，
“那我们岂不只能，善用我们的本事，
“永远保持和悦性情，无论有何损失？
“相信我，亲爱的！好脾气才有好着落，
“矫情任性尖叫斥骂，通通没有效果。
“佳丽纵然秋波频转，往往白费精神，
“美貌只引人瞩目，德行才使人倾心。”

---

① 在英格兰医生琴纳（Edward Jenner，1749—1823）于 1796 年发明牛痘接种术之前，天花是一种死亡率极高的传染病。患者即便侥幸不死，面部也往往留下永久性的疤痕，有碍观瞻。此诗影射对象之一彼得男爵于 1713 年（此诗最终版面世之前）死于天花，约翰·卡瑞尔（劝说蒲柏写作此诗的友人）的长子小约翰·卡瑞尔亦于 1718 年死于天花。

她如是陈词，现场却无人报以掌声，[①]
贝琳达皱眉头，塔利斯垂骂“假正经”。
这悍勇女中豪杰，高声喊“开战，开战！”
立时便大打出手，迅疾如惊雷闪电。
众人也各分营垒，冲上阵攻伐敌方，
折扇噼啪，锦衣窸窣，鲸骨喀嚓作响；
男女英雄的呐喊，乱纷纷鼎沸喧阗，
低音与高音交织，闹哄哄震撼云天。
他们手握稀罕兵器，件件不比寻常，
像神祇一样战斗，浑不惧致命伤创。[②]

唐突的荷马也曾，使神祇如是动武，[③]
使天界仙灵心中，腾起凡人的狂怒；
帕拉斯挑战马斯，勒托对阵墨丘利；
嘹亮的战鼓，在整座奥林波斯响起：
宙斯的震耳惊雷，使天穹抖如筛糠，

---

① 据蒲柏原注所说，荷马史诗中常有这样的句子：“他如是陈词，众英雄一齐报以掌声。”

② “致命”原文为“mortal”，兼有“凡间的”之义。从荷马史诗《伊利亚特》第五卷的一些相关描写看来，古希腊神话中的神祇是不死的，即便受伤也很容易治好。

③ 据蒲柏原注所说，以下这一节是仿拟荷马史诗《伊利亚特》第二〇卷叙写诸神混战的片段。

尼普顿掀起风暴，激荡在咆哮大洋：[1]
大地摇得城堞乱晃，地面四分五裂，
惨白幽魂惊骇万状，天光射入冥界！

得意的暗不离尔，高踞在挂壁烛台，
喜洋洋振翅鼓翼，坐看这战况精彩；[2]
众精灵，拄着女士头顶的发簪戈矛，
或亲身投入战团，或静观战火延烧。

气腾腾塔利斯垂，急匆匆穿梭乱阵，
一双眼四下扫射，送敌手去见死神，
纨绔子和小机灵，殂谢在拥挤战场，
一个死时不忘隐喻，一个不忘咏唱：
“残虐的美人啊！简直叫我要死要活，”

---

① 帕拉斯（Pallas）即古希腊神话中的智慧女神雅典娜（Athena），对等于古罗马神话中的密涅瓦（Minerva）。马斯（Mars）是古罗马神话中的战神，对等于古希腊神话中的阿瑞斯（Ares）。勒托（Leto）是古希腊神话中的泰坦巨人之女，阿波罗和阿耳忒弥斯的母亲。墨丘利（Mercury）是古罗马神话中的神使，对等于古希腊神话中的赫耳墨斯（Hermes）。奥林波斯（Olympus）是古希腊神话中众神居住的神山。尼普顿（Neptune）是古罗马神话中的海神，对等于古希腊神话中的波塞冬。

② 挂壁烛台（sconce）是类似于今时壁灯的照明装置。参照蒲柏原注所说，在荷马史诗《奥德赛》第二二卷当中，雅典娜也是坐在屋梁上观看凡人的混战。

绅士淑女大混战

大不慧①高喊一声，在椅子旁边殒殁；
活宝爵士②仰面望天，眼神凄楚哀怨，
“那明眸生得忒要命，”便是他的遗言。③
就这样，在密安德④繁花似锦的河涘，
临终的天鹅，在自己的歌声中离世。⑤

胆大的簪羽爵士，刚放倒克拉丽莎，

---

① 大不慧（Dapperwit）是英格兰剧作家、蒲柏的友人威廉·威切利（William Wycherley，1641—1716）喜剧《林中恋》（*Love in a Wood*，1671）当中的角色，名字由“dapper”（微小而灵活的）和“wit”（才智）组成，蒲柏用以借指上文中的“小机灵”（witling）。

② 活宝爵士（Sir Fopling）是英格兰剧作家乔治·埃瑟里奇（George Etherege，1636?—1692）喜剧《时尚男士》（*The Man of Mode*，1676）当中的主角，一名放浪的花花公子，蒲柏用以借指上文中的“纨绔子”（beau）。另参照蒲柏原注所说，“那明眸生得忒要命”是意大利作曲家波诺西尼（Giovanni Bononcini，1670—1747）歌剧《卡米拉》（*Camilla*）当中的唱词，该剧于1706年在伦敦首演。

③ 以上几行的描写和此诗其他许多地方的描写一样，暗含强烈的性意味。这几行里的“要死要活”和“要命”，都可以理解为“欲仙欲死”。

④ 密安德（Meander）是古希腊神话中的一条河，以蜿蜒曲折闻名。

⑤ 西方古人认为天鹅不会鸣叫（至少是不擅歌唱），临死才唱出优美的歌曲，因此常常用“天鹅之歌”来形容“绝唱”。另据蒲柏原注所说，以上两行是仿拟奥维德诗集《女杰书简》（*Heroides*）第七首当中的诗句：“就这样，在密安德河边的柳树之间，/将死的白天鹅，为自己的命运哀叹。”

克洛伊①火速赶到，以颦眉将他击杀；
她目送这勇武英雄归西，微笑开怀，
笑靥却使得这时髦绅士，死去活来。

此时朱庇特，在空中架起黄金天平，
称量绅士才智淑女云鬟，孰重孰轻；
天平横梁左摇右晃，半天踌躇迷惑，
最终还是让才智上升，让云鬟下落。②

只见勇猛贝琳达，向男爵飞身进击，
双眸之中的电光，比平素加倍凌厉；③
男爵也挺身应战，不惧这悬殊较量，
因为他最大愿望，是死在对头身上。
纵然这莽撞爵爷，浑身是阳刚之力，
她只用两根指头，便使他一败涂地：
正当男爵的鼻孔，要吸入活命气流，④

① 克洛伊（Chloe）是古希腊常见的女子名字，在今日的希腊和英国也很流行。这行诗里的“克洛伊”相当于“某女士”。

② 参照蒲柏原注所说，这个情节的先例见于荷马史诗《伊利亚特》第八卷（宙斯用天平称量希腊和特洛伊的命运）和维吉尔《埃涅阿斯纪》第一二卷（朱庇特用天平称量两位决斗英雄的命运）。从蒲柏的描写可以看出，天平裁定绅士才智的分量不及淑女云鬟，战局的走向由此可知。

③ 可参看第一章末尾的诗句：“只见她双眼电光，越来越摄魄勾魂。”

④ 可参看第四章当中男爵的誓词：“只要我鼻孔还在吸入，活命的气流。”

黠慧姑娘拈起一撮鼻烟，抛向敌手；
众地精将这些刺激粉尘，辛辣颗粒，
全扇进男爵鼻孔，不落下一个原子。
说时迟，那时快，男爵双眼泪如泉涌，
喷嚏声响彻厅堂，回荡在高高穹窿。

“你给我速速受死，”贝琳达狂怒高喊，
从鬓边抽出一柄，致人死命的短剑[①]
（这兵器源远流长，原本是三枚图章，
挂在她外高祖颈项，烘托耆英形象；
接下来熔炼重铸，变成个硕大扣环，
她外高祖的遗孀，借它将长袍装点；
再后来变成哨子，她外婆年幼之时，
一边将铃铛摇动，一边将哨子吹起；
最后又变成发簪，映衬她母亲蝉鬓，
她母亲佩戴多年，如今是她的饰品）。[②]

---

① “短剑”原文为“bodkin”，这个词兼具“短剑”“发簪”“引线粗针”等义，各个义项在这首诗里都有体现。这一行里的“bodkin”字面可解为短剑，实指发簪。

② 据蒲柏原注所说，此处的发簪传承是戏仿荷马史诗《伊利亚特》第二卷讲述的权杖渊源。该权杖由金工之神赫淮斯托斯打造，由宙斯交给赫耳墨斯，最后传到特洛伊战争中的希腊联军主帅阿伽门农（Agamemnon）手里。

“刁蛮的冤家啊！且莫为放倒我自豪，”
男爵喊道，“你迟早也会被别人放倒。
“别以为高贵我心，会害怕花下做鬼，
“我只有一种恐惧，怕不能与你相随！
“你与其如此，倒不如容我留在世间，
“承受那爱火焚身，生不如死的熬煎。”

“即刻将发卷还来！”贝琳达高声叫嚷，
“即刻将发卷还来！”穹顶下回声激荡。
奥赛罗凶神恶煞，追索那要命手帕，
当时的咆哮怒吼，也没有这般巨大。[①]
但且看宏图伟业，多容易付之流水，
众英豪你争我夺，锦标却不翼而飞！
恶行换来的发卷，苦心缄藏的异宝，
如今已无处寻觅，怎么找也找不到：
任何凡人也不配，拥有这稀世奇珍，
这便是上苍谕旨！谁能够抗命不遵？

一些人认为发卷，已升入月球世界，

---

① 奥赛罗（Othello）是莎士比亚同名悲剧的主人公。剧中的奥赛罗是威尼斯军队的统帅，曾送给妻子一块珍贵的手帕。妻子不慎遗失手帕，奸人便借机进谗，说妻子把手帕送给了情郎。奥赛罗为手帕的事情与妻子对质，最终杀死了妻子。

因为那里会珍藏，地球失落的一切。[①]
那里的沉重瓶瓮，贮存着英雄才量，
鼻烟匣和镊子盒，装的是活宝肚肠。
那里有落空的誓言，有临死的布施，
有恋人的心，用零碎缎带捆在一起，
有谄媚者的承诺，有病危者的祷告，
有继承人的悲泪，有风尘女的巧笑，
有关蚊蚋的囚笼，有拴跳蚤的锁链，
有干制的蝴蝶，有决疑论累牍连篇。[②]

但须当相信缪斯，她目睹发卷登天，
虽此景俗人不识，唯诗家慧眼能见
（罗马的伟大创建者，跻身天庭之时，

① 据蒲柏原注所说，这个说法出自意大利诗人阿里奥斯托（Ludovico Ariosto，1474—1533）的作品。阿里奥斯托著有史诗《疯狂的罗兰》（*Orlando Furioso*，1532），诗中讲到主角罗兰因恋爱挫折而失去理智，友人不得不去月球帮他寻找，因为地球上失落的一切都保存在月球上。《疯狂的罗兰》罗列了许多保存在月球的地球物事，蒲柏这一节的内容是对该诗的戏仿。

② 以上两行的讽刺对象之一是博物学家（比如昆虫爱好者），蒲柏认为博物学是麻痹心智的无聊学问。另一个讽刺对象是决疑论（casuistry），亦即依靠精巧却站不住脚的推理来解决道德疑难，相当于伦理领域的诡辩术。

也只向普罗库卢斯一人，揭示奇迹)：[①]
发卷突然化作飞星，掠过澄明天空，
拖曳出耀目尾迹，恰好比云鬟一蓬。[②]
漫天的凌乱星辉，光灿灿鲜亮绝伦，
赛过贝茜妮丝的头发，升天的时分。[③]
众气精眼见发卷，一边飞一边闪亮，
一个个欢天喜地，目送它横越穹苍。[④]

这颗星照临步道[⑤]，上流的绅士淑女，
会停下脚步瞻望，为它的祥光奏曲。

---

① 罗慕洛（Romulus）是西方传说中的英雄，罗马城的创建者。据古罗马历史学家李维（Livy，前 64/59—12/17）《罗马史》（*The History of Rome*）第一卷所载，罗慕洛在一场大风暴当中失踪，罗马元老院声称他被旋风送上了天。为了彻底打消民众的疑惧，罗慕洛的朋友普罗库卢斯（Proculus Julius）出面宣称，罗慕洛曾经从天而降，在他面前显灵。

② 以上两行的意思是发卷变成了彗星。彗星的英文“comet”源自希腊文词汇“*komētēs*”（长发的）。

③ 贝茜妮丝（Berenice II Euergetis，前 267/266—前 221）是埃及法老托勒密三世（Ptolemy III Euergetes，前 280?—前 222）的王后。她曾剪下头发供奉神明，借此保佑丈夫远征凯旋。传说她用来敬神的头发升入天空，变成了后发座（Coma Berenices）。

④ 这一章里描写元素精灵的诗行都是蒲柏在刊行新版时补入的，为的是保持“神机妙用”的首尾一贯。

⑤ 步道（the Mall）特指伦敦圣詹姆斯公园（St. James’s Park）里的一条步道，当时的时髦去处。

这颗星照临罗萨蒙达[1]，欢聚的恋人，
会冲它赌咒发誓，当它是司爱星辰[2]。
这颗星即将显现，在帕特里奇[3]眼中，
当他借伽利略之眼[4]，观察无云夜空；
于是这狂妄术士，将据此凿凿预言，
路易王朝的劫运，罗马教廷的崩坍。

明艳佳人啊！莫为你遭劫云鬟伤悲，
既然它为闪闪天穹，增添新的光辉！
你螓首上所有秀发，带给你的光彩，
也不及你失去的发卷，赢来的膜拜。
要知道你的明眸，虽夺命无以数计，
千万人受戮之后，你同样难逃一死，

---

① 罗萨蒙达（Rosamonda）是圣詹姆斯公园里的一个湖，当时的热门幽会地点。

② “司爱星辰”原文为“Venus”，既可指金星，亦可指古罗马神话中的爱神。

③ 帕特里奇（John Partridge，1644—1714?）为英格兰占星家，做过鞋匠和医生。据蒲柏原注所说，此人“是一名荒唐的占星术士，年年都在他出版的历书里预言教皇和法兰西国王的倒台，就因为他们与英国为敌”。当时的法兰西国王是路易十四（Louis XIV，1638—1715）。

④ 意大利科学家伽利略（Galileo Galilei，1564—1642）对望远镜的改良有重要贡献，“伽利略之眼”即望远镜。

那时你两轮丽日①，依宿命黯然沉落，
那时你雾鬓风鬟，悉数被黄土埋没，②
这绺发卷却永享，缪斯赐予的尊荣，
将贝琳达的芳名，铭刻在璀璨星空。

① “两轮丽日”指贝琳达的双眼，呼应第一章当中的“令白昼黯然失色的星眼”以及第二章当中的“她明眸有似太阳”。

② 可参看蒲柏《伊利亚特》英译本第二〇卷当中的诗句：“但当那个上天注定，终将到来之日，/使这位可畏的英雄，埋没在黄土里……”

新星

附：就《云鬟劫》致贝琳达[①]

贝琳达啊，你想必会从这些诗行里，
欣然看到你的失物，赢得何等爱惜：
这发卷若是生在，无名之辈的后脑，
依附于卑微女子，遭劫也无人知晓；
但若是个中牵涉，英雄豪杰和美人，
缪斯便即刻认定，此事须加意铺陈。
所以说海伦遭劫，墨涅拉俄斯受辱，
会成为伟大荷马，吟咏歌唱的题目；[②]
所以说久远的年代，失落的金羊毛，
会成为希腊才子，众口称道的奇宝。[③]

---

① 《就〈云鬟劫〉致贝琳达》(*To Belinda on the Rape of the Lock*)是蒲柏1713或1714年的作品，蒲柏可能曾打算用这首诗替代篇首的献辞。这首诗初次刊行于1717年，未署作者名字。

② 海伦（Helen）是古希腊神话中的人间绝色，斯巴达国王墨涅拉俄斯（Menelaus）的妻子。据荷马史诗《伊利亚特》所说，特洛伊王子帕里斯（Paris）借出访斯巴达之机带着海伦私奔，直接导致希腊联军攻打特洛伊。

③ 英雄伊阿宋（Jason）寻找金羊毛的历程是一个脍炙人口的古希腊神话，古希腊诗人品达（Pindar，前518—前438）和阿波罗尼乌斯（Apollonius of Rhodes，活跃于公元前3世纪上半叶）皆曾以诗歌铺叙此事。

假如说命运之神，恩准你得偿所愿，
让你所有的头发，一根根尽享天年，
这发卷肯定已经，像果子一般坠地，
坠地也无息无声，再无缘名垂后世。

大自然赐予男性，戕害女性的武备，
既有浑身的蛮力，又有满心的谲诡；
孱弱畏怯的女性，所得却寥寥无几，
没甲胄只有节操，没救兵只有泪滴。
但习俗虽然鄙陋，难得为女性执言，
遭受强暴的贞女，终可得习俗赦免。
所以说卢克芮丝，令名无丝毫垢污，
她的光辉反衬出，小塔尔昆的耻辱。①
同等赞誉归于你，实可谓理所应当，
你的损失比她小，节操却与她一样。
贝琳达啊，你尽可笑对责难的唇齿，
继续温暖我辈心房，激发我辈才思。
你若是期望你丰姿雅韵，千载流芳，

① 卢克芮丝（Lucrece）或称卢克芮霞（Lucretia），是传说中的古罗马贵妇，小塔尔昆（young Tarquin，Sextus Tarquinius）则是古罗马暴君塔尔昆（Tarquinius Superbus，?—前495）的幼子。据说卢克芮霞因被小塔尔昆强奸而自杀，此事使得民众义愤填膺，揭竿而起，推翻了塔尔昆的统治。

且容杰瓦斯[①]画像，容蒲柏下笔称扬。
爱挑刺的人，更珍贵的毛发会脱落，
只能让他的缪斯，去记述那种劫夺。[②]

① 杰瓦斯（Charles Jervas, 1675?—1739）是爱尔兰肖像画家，蒲柏的友人，曾为蒲柏画像，并曾教蒲柏画画，1723 年成为英王乔治一世（George I，1660—1727）的御用画师。

② 可参看第四章篇末对句：“残虐者啊！但愿你放了这毛发一马，/ 只抢去暗处毛发，或其他任何毛发！”

汉译文学名著

第一辑书目（30种）

伊索寓言	〔古希腊〕伊索著　王焕生译
一千零一夜	李唯中译
托尔梅斯河的拉撒路	〔西〕佚名著　盛力译
培根随笔全集	〔英〕弗朗西斯·培根著　李家真译注
伯爵家书	〔英〕切斯特菲尔德著　杨士虎译
弃儿汤姆·琼斯史	〔英〕亨利·菲尔丁著　张谷若译
少年维特的烦恼	〔德〕歌德著　杨武能译
傲慢与偏见	〔英〕简·奥斯丁著　张玲、张扬译
红与黑	〔法〕斯当达著　罗新璋译
欧也妮·葛朗台　高老头	〔法〕巴尔扎克著　傅雷译
普希金诗选	〔俄〕普希金著　刘文飞译
巴黎圣母院	〔法〕雨果著　潘丽珍译
大卫·考坡菲	〔英〕查尔斯·狄更斯著　张谷若译
双城记	〔英〕查尔斯·狄更斯著　张玲、张扬译
呼啸山庄	〔英〕爱米丽·勃朗特著　张玲、张扬译
猎人笔记	〔俄〕屠格涅夫著　力冈译
恶之花	〔法〕夏尔·波德莱尔著　郭宏安译
茶花女	〔法〕小仲马著　郑克鲁译
战争与和平	〔俄〕列夫·托尔斯泰著　张捷译
德伯家的苔丝	〔英〕托马斯·哈代著　张谷若译
伤心之家	〔爱尔兰〕萧伯纳著　张谷若译
尼尔斯骑鹅旅行记	〔瑞典〕塞尔玛·拉格洛夫著　石琴娥译
泰戈尔诗集：新月集·飞鸟集	〔印〕泰戈尔著　郑振铎译
生命与希望之歌	〔尼加拉瓜〕鲁文·达里奥著　赵振江译
孤寂深渊	〔英〕拉德克利夫·霍尔著　张玲、张扬译
泪与笑	〔黎巴嫩〕纪伯伦著　李唯中译
血的婚礼——加西亚·洛尔迦戏剧选	〔西〕费德里科·加西亚·洛尔迦著　赵振江译
小王子	〔法〕圣埃克苏佩里著　郑克鲁译
鼠疫	〔法〕阿尔贝·加缪著　李玉民译
局外人	〔法〕阿尔贝·加缪著　李玉民译

汉译文学名著

第二辑书目（30种）

枕草子	〔日〕清少纳言著　周作人译
尼伯龙人之歌	佚名著　安书祉译
萨迦选集	石琴娥等译
亚瑟王之死	〔英〕托马斯·马洛礼著　黄素封译
呆厮国志	〔英〕亚历山大·蒲柏著　李家真译注
波斯人信札	〔法〕孟德斯鸠著　梁守锵译
东方来信——蒙太古夫人书信集	〔英〕蒙太古夫人著　冯环译
忏悔录	〔法〕卢梭著　李平沤译
阴谋与爱情	〔德〕席勒著　杨武能译
雪莱抒情诗选	〔英〕雪莱著　杨熙龄译
幻灭	〔法〕巴尔扎克著　傅雷译
雨果诗选	〔法〕雨果著　程曾厚译
爱伦·坡短篇小说全集	〔美〕爱伦·坡著　曹明伦译
名利场	〔英〕萨克雷著　杨必译
游美札记	〔英〕查尔斯·狄更斯著　张谷若译
巴黎的忧郁	〔法〕夏尔·波德莱尔著　郭宏安译
卡拉马佐夫兄弟	〔俄〕陀思妥耶夫斯基著　徐振亚、冯增义译
安娜·卡列尼娜	〔俄〕列夫·托尔斯泰著　力冈译
还乡	〔英〕托马斯·哈代著　张谷若译
无名的裘德	〔英〕托马斯·哈代著　张谷若译
快乐王子——王尔德童话全集	〔英〕奥斯卡·王尔德著　李家真译
理想丈夫	〔英〕奥斯卡·王尔德著　许渊冲译
莎乐美　文德美夫人的扇子	〔英〕奥斯卡·王尔德著　许渊冲译
原来如此的故事	〔英〕吉卜林著　曹明伦译
缎子鞋	〔法〕保尔·克洛岱尔著　余中先译
昨日世界：一个欧洲人的回忆	〔奥〕斯蒂芬·茨威格著　史行果译
先知　沙与沫	〔黎巴嫩〕纪伯伦著　李唯中译
诉讼	〔奥〕弗兰茨·卡夫卡著　章国锋译
老人与海	〔美〕欧内斯特·海明威著　吴钧燮译
烦恼的冬天	〔美〕约翰·斯坦贝克著　吴钧燮译

汉译文学名著

第三辑书目（40种）

埃达	〔冰岛〕佚名著　石琴娥、斯文译
徒然草	〔日〕吉田兼好著　王以铸译
乌托邦	〔英〕托马斯·莫尔著　戴镏龄译
罗密欧与朱丽叶	〔英〕莎士比亚著　朱生豪译
李尔王	〔英〕莎士比亚著　朱生豪译
大洋国	〔英〕哈林顿著　何新译
论批评　云鬟劫	〔英〕亚历山大·蒲柏著　李家真译注
论人	〔英〕亚历山大·蒲柏著　李家真译注
亲和力	〔德〕歌德著　高中甫译
大尉的女儿	〔俄〕普希金著　刘文飞译
悲惨世界	〔法〕雨果著　潘丽珍译
安徒生童话与故事全集	〔丹麦〕安徒生著　石琴娥译
死魂灵	〔俄〕果戈理著　郑海凌译
瓦尔登湖	〔美〕亨利·大卫·梭罗著　李家真译注
罪与罚	〔俄〕陀思妥耶夫斯基著　力冈、袁亚楠译
生活之路	〔俄〕列夫·托尔斯泰著　王志耕译
小妇人	〔美〕路易莎·梅·奥尔科特著　贾辉丰译
生命之用	〔英〕约翰·卢伯克著　曹明伦译
哈代中短篇小说选	〔英〕托马斯·哈代著　张玲、张扬译
卡斯特桥市长	〔英〕托马斯·哈代著　张玲、张扬译
一生	〔法〕莫泊桑著　盛澄华译
莫泊桑短篇小说选	〔法〕莫泊桑著　柳鸣九译
多利安·格雷的画像	〔英〕奥斯卡·王尔德著　李家真译注
苹果车——政治狂想曲	〔爱尔兰〕萧伯纳著　老舍译
伊坦·弗洛美	〔美〕伊迪斯·华尔顿著　吕叔湘译
施尼茨勒中短篇小说选	〔奥〕阿图尔·施尼茨勒著　高中甫译
约翰·克利斯朵夫	〔法〕罗曼·罗兰著　傅雷译
童年	〔苏联〕高尔基著　郭家申译
在人间	〔苏联〕高尔基著　郭家申译
我的大学	〔苏联〕高尔基著　郭家申译

地粮	〔法〕安德烈·纪德著	盛澄华译
在底层的人们	〔墨〕马里亚诺·阿苏埃拉著	吴广孝译
啊，拓荒者	〔美〕薇拉·凯瑟著	曹明伦译
云雀之歌	〔美〕薇拉·凯瑟著	曹明伦译
我的安东妮亚	〔美〕薇拉·凯瑟著	曹明伦译
绿山墙的安妮	〔加〕露西·莫德·蒙哥马利著	马爱农译
远方的花园——希梅内斯诗选	〔西〕胡安·拉蒙·希梅内斯著	赵振江译
城堡	〔奥〕弗兰茨·卡夫卡著	赵蓉恒译
飘	〔美〕玛格丽特·米切尔著	傅东华译
愤怒的葡萄	〔美〕约翰·斯坦贝克著	胡仲持译

图书在版编目（CIP）数据

论批评　云鬟劫 /（英）亚历山大 · 蒲柏著；李家真译注 .— 北京：商务印书馆，2022
（汉译世界文学名著丛书）
ISBN 978－7－100－21367－7

Ⅰ.①论…　Ⅱ.①亚…　②李…　Ⅲ.①诗集—英国—近代　Ⅳ.① I561.24

中国版本图书馆 CIP 数据核字（2022）第 115597 号

汉译世界文学名著丛书

论批评　云鬟劫

〔英〕亚历山大·蒲柏　著
李家真　译注

商　务　印　书　馆　出　版
（北京王府井大街 36 号　邮政编码 100710）
商　务　印　书　馆　发　行
北京市十月印刷有限公司印刷
ISBN 978－7－100－21367－7

2022 年 9 月第 1 版　　开本 850 × 1168　1/32
2022 年 9 月北京第 1 次印刷　　印张 $4\frac{1}{2}$

定价：48.00 元